삶, 범죄자의.

삶,

범죄자의.

김세진 지음

좋은땅

"쏴아아- 쏴아아-."

'비 한번 참.'

이곳은 대한민국 상위 계층만 거주, 서식하는 환락가 대한민국 강남의 한 모텔.
자정 무렵, 내가 편안히 쉬고 있는 모텔에서는 빗소리가 잘 들렸다.
마치 나의 처지를 위로해 주는 듯한 느낌이었다.

그렇다.
'나는 현재 쫓기고 있는 신세'이다.

나는 그동안 받은 수많은 쫓기는 경험과 압박 덕분에,
과도한 걱정이나 두려움으로 피해를 받을 것이라는 의심을 고집하는 이상심리학적 상태인 '편집증'을 앓고 있다.

나는 단지 거의 모든 생명체에게 기본적으로 장착된 선호 기능이자 본

능인 '이기심'에 남들보다 조금 더 비중을 두었을 뿐인데 말이다.

사람들은 대개로 과도한 이기심을 '범죄'라 부른다.

아무래도 도무지 이 소중한 날 밤,
침대에 누워 모텔에서 여유롭게 빗소리나 듣고 있기엔 하루가, 내 인생이 아깝다.

난 자리에서 일어나 주섬주섬 바닥에 널브러진 옷들을 주워 입고 모자를 푹 눌러쓴 채 밖으로 향했다.

밖으로 나가자, 내가 나오길 기다렸다는 듯, 비가 그치려는 듯했다.

"휴-."
난 안도의 한숨을 내쉬고 가방에서 여러 개의 휴대폰 중 1개를 꺼내 들었다.
최근 내가 심혈을 기울여 관심과 사랑을 주었던 여성의 휴대폰이었다.
휴대폰을 들여다보니 많은 연락이 와 있었다.

"내 돈 내놔."
"경찰서에 신고했으니 잡히기만 해 봐."
"제발 제 돈 좀 돌려주세요."

나를 찾으려 눈에 불을 켠 '본성을 드러낸' 사람들이다.

나는 인간관계에 있어서 인간의 종류를 두 가지로 나누었다.

첫째는 '본성을 드러낸 자.'
그리고 둘째는 '본성을 드러내지 않은 자.'

사실 원래 모든 생명체의 본성은 그렇게 좋지 못하다.
단지, '생존과 번식을 위해, 그리고 경쟁하기 위해 존재하는 것.'
그것이 내가 생각하는 '생명체'이다.

나에게 '본성을 드러내지 않은 자'들의 연락은 이러하였다.

"오늘 놀러 오세요~."
"놀러 오시면 잘해 드릴게요."
"저랑 같이 놀래요?"

방긋 미소를 지으며 본성을 드러내지 않은 자들 중 한 명의 연락에 답
장하였다.

"지금 출발."

현실은 모텔에 전전하며 본성을 드러낸 자들에게 쫓기며 벌벌 떠는 처
지지만, 이때만큼은 달랐다.

네모 가방에 든 다이아몬드 명품 시계를 차며 택시를 탔다.

택시로 향한 곳은 최근 유행하는 룸살롱 '나와 너'이다.

이곳은 여성 접대부가 손님에게 술 시중을 들면서 같이 놀아 주는 곳이다.

도착하자 30대로 보이는 깔끔한 정장 차림의 남성이 웃는 얼굴로 나를 반겼다.

"형님 오셨습니까?"

"응. 오늘은 좀 피곤하니까 조금만 놀다 갈게."

"네 형님 방으로 안내해 드리겠습니다."

남성이 룸살롱 대문을 열고 계단을 내려가자 밝은 조명과 높은 천장, 천장에 붙은 우아한 샹들리에, 그리고 긴 복도와 많은 방이 눈앞에 펼쳐졌고 많은 사람이 분주하게 움직이고 있었다.

남성을 한참 따라가니 한 방문 앞에 멈춰 섰다.

문 앞엔 '107'이라고 쓰여 있었다.

107번 방이라는 뜻이다.

방문을 열자 조명은 어두컴컴하고 고급져 보이는 커다란 테이블과 그 테이블을 'ㄷ'자로 둘러싼 세 개의 소파가 있었다.

테이블 위에는 얼음통과 많은 유리잔들, 그리고 접시에 과일들이 놓여 있었다.

이곳은 시계도 창문도 없이 밀폐되어 있었다.

자리에 앉자 남성이 문 앞에 서서 물었다.

"술은 어떤 거로 드시겠습니까?"

평소 술은 취하기 위해 가리지 않고 아무거나 퍼 마셔 대지만, 이곳에서만큼은 그렇게 보이고 싶지 않았다.

"여긴 처음 왔는데 종류가 뭐가 있나?"
술에 지식이 많은 척 대답하였다.
"발렌타인, 헤네시, 조니워커 등등 있습니다. 좋아하시는 술 있으신가요?"
"발렌타인으로 줘."
'발렌타인….' 어디선가 들어 본 단어이기에 그 이름의 술을 먹겠다고 하였다.

"네. 알겠습니다. 70만 원입니다."

난 가방에서 고무줄에 묶인 돈 뭉치를 꺼내 70만 원을 세어 건네주었다.
"감사합니다."
정장 남성이 고맙다는 인사와 함께 미소를 띄며 문을 닫고 나갔다.

이 남성은 과거 유흥을 즐기다 명함을 받아 알게 된 사이인데, 룸살롱에서 영업이라는 업무를 하여 술을 파는 '부장'이라는 직함을 가진 사람이다.
이름은 나도 잊어버렸다.

숨소리 하나 들리지 않는 정적이 흘렀다.
나는 주변을 둘러보며 기다렸다.
정면에는 TV, 그리고 그 아래에는 노래방 기기, 그리고 옆에는 마이크가 있었다.

잠시 기다리자 노크 음이 울렸다.

"똑똑."

문이 열리고 턱시도 복장을 입은 웨이터가 아까 주문한 술 인 '발렌타인'을 쟁반에 들고 들어왔다.

"주문하신 발렌타인입니다."

그가 술을 테이블에 놓고 나가자 다시 정적이 흘렀다.

"똑똑."

잠시 후 아까 반기고 안내해 줬던 정장 남성이 다시 들어왔다.

"한 잔 따라 드리겠습니다."

그는 거꾸로 눕혀진 채로 세팅된 유리잔을 한 잔 꺼내어 내 손에 쥐어 주었다.
집게를 들고 얼음통에 든 얼음을 세 개 꺼내어 내 유리잔에 넣어 주었다.
그러곤 술병 뚜껑을 열고 기울여 내 유리잔의 얼음에 고루 분포되게끔 돌리면서 술을 따라 주었다.
그러곤 유리잔 한 개를 더 꺼내 같은 방식으로 술을 따르고 두 손으로 잔을 잡고 내 잔에 갖다 대었다.

"건배-."

난 술잔을 천천히 입에 기울여 넣었다.
마치 이 술이 내 소중한 혀와 목구멍을 태우는 듯한 느낌이었다.

'맛 한번 거지 같네.'

남성도 고개를 돌려 한 잔 입에 털어 넣더니 물었다.

"언니는 어떻게 해 드릴까요?"
여성 접대부를 말하는 듯하다.

"바로 해 줘."
"알겠습니다. 10만 원입니다."
난 다시 가방에 든 돈 뭉치를 꺼내어 10만 원을 건네주었다.
정장 남성은 돈을 받고는 방 밖으로 나갔다.

또다시 정적이 흘러 휴대폰을 꺼내 들었다.
최근 다른 술집에서 연락처를 주고받은 밝은 성격의 남성에게 연락이
와 있었다.

"어디십니까?"

대답을 한참을 고민한 후, 답장하였다.

"나 지금 룸살롱 왔어."

"아. 저도 가고 싶습니다."

그는 기다렸다는 듯, 바로 답장이 왔다.

'돈도 없으면서 무슨.'

그는 내가 술값을 내 주길 원하는 모양이었다.

"아냐. 오늘은 안 될 거 같아."

"네. 다음에 뵐게요."

잠시 후, 문이 열리고 술 시중을 드는 여성 접대부가 들어왔다.

대충 눈 인사를 나눈 후 접대부가 옆에 앉았다.

"안녕하세요. 저는 23살 비누라고 해요."

그녀는 바로 옆자리에 앉아 방긋 미소를 띠며 말했다.

"웅. 나는 35살."

"그렇게 안 보이시는데…. 젊어 보이시네요!"

접대부의 말은 매번 마음에 없는 말인 걸 알지만 매번 기분이 나쁘지는 않았다.

그녀는 잠시 일어나 술과 유리잔을 가져와 본인 유리잔에 얼음을 넣었다.

그러고는 내 잔에 술을 더 채워 주고 자기 유리잔에도 술을 따랐다.

"건배-."

유리잔을 각자 맞댄 후,
접대부 비누는 유리잔을 입에 갖다 대어 입술만 적셨다.
나는 내 잔에 따라 준 술을 모두 입안으로 털어 넣었다.

슬슬 취기가 올라왔다.
'어찌 이 술은 조금만 마셔도 이렇게 정신을 헤쳐 놓을 수가 있을까.'
아까 주문한 '발렌타인'이라는 술은 평소 내가 마시던 술과는 차원이
다르게 강하고, 아팠다.

접대부 비누가 다시 말을 걸었다.

"언제 오셨어요?"

접대부 비누를 훑어보니 처음 본 모습과 달랐다.
흰 원피스와 구두를 신은 접대부 비누가 취기 때문인지, 더욱 예뻐 보
였다.

"방금 왔어."
난 대답을 하고 비누와 시시콜콜한 대화를 이어 갔다.

"어쩌다 이런 일을 하게 되었어?"
난 평소 궁금함을 참지 못하는 성격이라 실례되는 질문인 걸 알지만

물었다.

"돈 많이 벌고 싶어서 하게 되었어요."

어린 게 독하기도 하다.

"내가 돈 많이 버는 방법 알려 줄까?"

여느 때와 같이 나는 제안을 하였다.

"네! 가르쳐 주세요."

비누가 명랑하게 대답했다.

"내가 대출 상담사인데 대출을 받고 나한테 돈을 조금 주면 그 기록을 없애 줄 수 있어."

물론 거짓이다.

나는 현재 무직이다.

"헉. 진짜요??"

비누의 눈이 휘둥그레졌다.

"그래. 내일 연락 줘. 자세히 가르쳐 줄게."

"네. 알겠습니다."

난 이렇게 또 낚시에 절반은 성공한 셈이다.

'세상은 왜 이렇게 쉬운 걸까?'

"똑똑."
그녀와 즐거운 시간을 보내던 중, 노크 음과 함께 웨이터가 들어와 시간이 끝났다고 말했다.

"그게 무슨 말이에요?"
"언니는 십만 원에 1시간 30분 동안만 같이 있을 수 있습니다."
아리따운 젊은 여성과 즐기려면 돈을 더 달라는 모양이었다.
"더 연장해 주세요."
난 가방에서 10만 원을 꺼내 건네주며 까딱까딱 나가라는 손짓을 했다.

"네. 재밌게 노세요!"
웨이터는 돈을 받아 머리 숙여 인사한 후 밖으로 나갔다.

'돈이 정말 좋긴 좋구나.'

다시 비누에게 눈길을 돌리자, 비누는 초롱초롱한 두 눈으로 나를 멋있다는 듯이 쳐다보았다.

"너도 앞으로 부자 되게 해 줄게."
매번 하듯이 난 미끼를 던졌다.

"네! 부탁드려요."

비누는 미끼를 물었다.

"연락처 좀 알려 줘."

나와 비누는 휴대폰을 꺼내 들어 연락처를 교환하였다.
방긋 미소를 지었다.

'크크크. 이렇게 예쁘고 젊은 여자가 무직에 못난 나에게 안달하다
니….'

시시콜콜한 대화를 나누며 시간을 보내자,

"똑똑-."
노크 음과 함께 웨이터가 다시 한번 들어왔다.
"비누 언니 시간 끝나셨습니다."

벌써 세 시간을 논 모양이다.
난 어려서부터 1만 원 이상의 음식도 잘 못 먹고 자란지라 돈이 아까웠다.

"이제 그만 가야겠다."
비누가 아쉽다는 듯 쳐다보았다.

"내일 연락 줘."
"네. 조심히 들어가세요. 사랑해요."

비누는 내게 애정 표현을 한 후 밖으로 나갔다.

'어차피 남자로서 다가가면 받아 주지도 않을 거면서….'

"그럼 부장님 불러 드리겠습니다."
웨이터가 말했다.
"그래."

웨이터와 비누가 문을 닫고 나가자 다시 정적이 흘렀다.

잠시 후 처음 나를 안내해 주었던 부장이 들어왔다.
"오늘 어떠셨습니까? 밖으로 모시겠습니다."
"그래."

나는 술에 취해 정신도 못 가누는 상태였지만 이 친구 앞에서는 최대한 취하지 않은 척하며 말과 행동을 해야만 했다.

이 친구도 나에게 소중한 '먹잇감'이기 때문에 카리스마를 보여야 하기 때문이다.
내가 아는 인간은 모두 다 내게 있어 '잠재적 먹잇감'이다.

'부장'의 안내를 받고 비틀비틀 밖에 나와 그가 부른 택시에 타, 아까 묵고 있던 모텔로 향했다.

다시 모텔방에 들어와 천천히 옷을 벗고 바닥에 놓은 채로 침대에 누웠다.

'오늘 나름 재미있었다.'

술기운과 빗소리, 그리고 편안함이 잠을 몰려오게 하여 스르르 눈을 감았다.

* * *

"따르릉- 따르릉-."
전화가 울렸다.
"체크아웃 시간입니다."

시계를 보니 오후 12시를 가리키고 있다.
야밤에 술도 마시고 온지라 수면 양이 많이 부족했다.

하지만 연장을 하려면 돈을 내야 하여 고민 없이 밖으로 향했다.
바깥은 비가 그쳐 있었고 하늘은 맑아졌다.

'휴. 피곤하군.'

내리쬐는 햇살이 눈을 찌푸리게 하여 난 바닥만 보며 걸어 주변에 위치한 카페에 도착했다.

매번 가는 조용한 커피숍이었다.

난 자리를 잡고 가방에서 휴대폰을 꺼내 들어 연락들을 훑어보았다.
요 근래 점점 나에게 본성을 드러내는 자들이 많아졌다.

"찾으면 죽어."
"그렇게 살지 마라."

인간은 본디 추악하다.
그리고 우린 다 같은 인간이다.
'그들은 왜 내게 선행을 요구하는 것일까.'

어차피 이 세상은 제로섬 게임이다.
누군가가 이득을 보면 누군가는 손해를 보는 게 기정사실이다.

본성을 드러낸 자들의 연락은 일일이 삭제하고,
본성을 드러내지 않은 자들의 연락만 매의 눈으로 찾았다.

연락을 훑어보는데, 반가운 연락이 왔다.

"어제 잘 들어가셨어요??"

어제 룸살롱에서 같이 논 '비누'였다.

미소를 방긋 지으며 연락했다.

"응. 너는?"

난 답장을 보내고 커피를 주문한 후 자리에 다시 앉았다.

잠시 기다리니 비누의 대답이 왔다.

"저도요. 어제 말씀하신 대출 이야기 자세하게 듣고 싶어요."

걸려들었다.
지금 순간이 중요하다.

이 먹잇감을 먹기 위해서는 지금 이 순간 잘 대처해야 한다.

물고기는 단순하게 낚싯대에 입질이 오면 그 즉시 낚싯대를 힘으로 잡아 끌면 되지만, 인간은 다르다.
낚싯대에 입질이 오면 미끼를 다 먹게끔 한 후에 천천히 끌어내야 한다.

내가 던지는 미끼라 함은 '간절함'이다.

"아냐. 그냥 없었던 일로 하자."

난 비누에게 더욱 간절함을 주기 위해 이렇게 대답하였다.

"아…. 왜요? 저 진짜 돈이 지금 급해요."

"왜?"

"당장 내야 하는 신용 카드값도 있고, 여기저기 돈을 많이 빌렸어요."

당연하다.

모든 사람은 돈이 급하기 마련인데, 오죽 팔 게 없어서 청춘을 파는 '매춘부'가 돈이 급하지 않을 리가 없다.

"생각 좀 해 볼게."

"…알겠습니다."

비누는 실망한 듯 대답하고 끊었다.

아직 비누에겐 나의 미끼인 '간절함'이 조금 부족한 듯했다.

섣불리 진행해 낚시를 그르칠 이유가 없었다.

"꼬르륵-."

어제 먹은 술이 소화가 되었는지 슬슬 배에서 요동을 쳐 왔다.

난 휴대폰을 꺼내 들어 '본성을 드러내지 않은' 사람들에게 전부 연락을 하였다.

"지금 시간이 좀 한가한데, 밥이나 같이 먹을까?"

이전에 함께 놀았던 이름 모를 친구에게 연락이 왔다.

"계신 곳으로 가겠습니다."

"그래."

이전에 이 친구와 다른 장르의 유흥업소인 '클럽'에서 알게 되었으나 본명은 모른다.

단지 나를 멋있다고 여기던 친구였다.

잠시 기다리자 그 친구는 비싸 보이는 옷으로 무장하고 카페에 들어와 내게 다가왔다.

"어떤 거 드실까요?"

"괜찮은 소고기 식당이 있어. 거기로 가자."

"네."

난 그와 주변에 위치한 소고기 식당으로 향했다.

메뉴를 주문한 후 그에게 물었다.

"요새 어때?"

"요새 힘들어요. 일도 잘 안 되고."

"응. 나도."

그를 공감하는 척 대답했다.

"내가 좋은 거 가르쳐 줄까?"

"어떤 거요?"

"실은 내가 대출 상담사인데 대출을 받고 나한테 돈을 조금 주면 그 기록을 없애 줄 수 있어."

"정말요?"
그는 눈이 휘둥그레지며 물었다.
"응."
"어떻게 하면 되어요? 저 할게요."
그가 선뜻 승낙했다.

"너가 원하는 은행에서 대출을 받고 나한테 절반을 주면, 내가 그 기록을 없애 줄게."

난 내 가방을 열어 안에 든 돈 뭉치들을 보여 주며 말했다.
"이거도 다 내가 직접 대출 받은 건데 기록은 지웠어."
빛나는 눈빛으로 그 친구가 말했다.
"식사 끝나고 바로 하겠습니다."

'픕-.'
어지간히 돈이 급한 모양이다.
'이렇게 쉽게 먹잇감을 먹을 수 있다니….'

식사는 그 친구에게 계산을 시킨 후, 그 친구와 나는 은행으로 향했다.
나는 밖에서 기다리고 그 친구는 대출을 받으러 은행에 들어갔다.

기다리자 그 친구는 현금 다발로 천만 원을 가지고 밖으로 나왔다.
"형님, 대출 받아 왔습니다."
난 휴대폰을 꺼내 들어 말했다.

"이름이랑 은행, 금액 알려 줘."

"네."

난 휴대폰에 대충 받아 적은 후 말했다.

"이제 너가 받은 대출은 내가 사무실 들어가서 기록을 삭제해 줄게. 대출금의 절반인 500만 원을 나에게 줘."

"알겠습니다."

그는 선뜻 500만 원을 건네주었다.

"감사합니다!"

난 500만 원 현금 뭉치를 받아 그와 헤어졌다.

그가 시야에서 보이지 않자, 즉시 휴대폰을 꺼내 들어 그의 연락처를 차단했다.

나는 제로섬 게임에서 지금 승리하였고 먹잇감을 집어 삼켰다.

'풉.'

자신감이 붙은 난 다시 휴대폰에서 아까 연락한 매춘부 '비누'에게 연락하였다.

"한번… 해 볼래?"

기다렸다는 듯 그녀에게 답장이 왔다.

"네!"
"너가 원하는 은행에서 대출을 받고 나한테 절반을 주면, 내가 그 기록을 없애 줄게."
"우와. 저 바로 할게요."

그녀도 선뜻 대답했다.

"응. 하고 연락 줘."
"네."

주변 카페에 적당한 자리에 앉아 잠시 기다리자 비누에게 연락이 왔다.

"1000만 원 대출했어요!"
"응. 그럼 나에게 500만 원 입금해 줘."
"네!"

난 그녀의 대출금의 절반인 500만 원을 입금 받고 즉시 그녀의 연락처를 차단하고 삭제하였다.

'풉. 역시 난 정말 머리가 좋구나.'
나 자신을 감탄하며 부족한 수면을 채우러 다른 모텔로 발걸음을 옮겼다.

모텔에 도착하여 잠을 청하려고 티비를 켰는데,

뉴스에서 '대출 사기꾼 이진영, 현재 도주 중'이라는 문구와 낯이 익은 얼굴의 사진이 나왔다.

'누군지 모르지만 참 험악하게 생겼군.'

"대출을 받아서 수수료를 제공해 주면, 대출 기록을 소멸해 주겠다는 허위 사실로 피해자들의 돈을 갈취한 '이진영'은 치밀하고 계획적인 범죄를 저질렀습니다."

응?

티비에서 내 이야기를, 내가 한 행동들을 설명하고 있었다.

아.

잊고 있었다.

내 이름이,

분명 부모님께서 일품이라 소문이 자자한 작명소로 가, 내림 받은 그 이름이,

'이진영'이라는 것을….

헛웃음이 나왔다.

내 이름을 기억을 못 하다니….

하기야 워낙 오래 가명을 써 왔으니 말이다.

티비에서는 내가 했던 말들과 행동, 그리고 수법을 계속해서 설명했다.

마치 내가 살아온 인생을 풀이하듯이 말이다.

갑자기 오한과 스트레스가 밀려왔다.

'자유'를 잃을까 두려웠다.

'나는 단지 제로섬 게임에서 이기기 위해 남들보다 이기심을 더 분출
했을 뿐인데 이게 왜 잘못인 거지?'

불안감은 점점 증폭되어 최고조에 달했으며, 심장은 미친 듯이 빨리
뛰기 시작했다.

"무서웠다."

무엇보다 실감이 잘 나지 않았고, 이유는 모르겠으나 이 상황이 약간
웃기기도 하였다.

화장실로 가 거울에 비친 나를 바라보았다.

누가 보아도 험악한 표정을 지은 '범죄자'의 인상으로 된 사람이 서 있
었다.

고민에 빠졌다.

'어쩌다 이렇게 되었지…?'

이유는 나의 유년 시절에 있다.

* * *

어렸을 적 나는 부모님 양쪽 다 교육자인 유복한 가정에서 자랐다.

나의 아버지는 명문 학원의 원장님이셨고 어머니는 교수이셨다.
난 부모님의 아낌없는 사랑과 애정으로 부족함 없이 자랐다.
솔직히 말하면 남부럽지 않은 완벽한 가정에서 자랐다.

"단 한 가지 문제만 빼면."

그건 부모님의 '기대감'이었다.
부모님은 항상 나에게 '공부'와 '예의'를 지독하게 가르치셨고, 그에 상응하는 결과물, 즉 높은 학교 성적을 원하셨다.
그리고 아버지는 항상 말씀하셨다.

"이 세상은 결과로써 과정을 판단한다."

'좋은 결과'는 반드시 '피나는 노력'과 함께하고, '좋지 않은 결과'는 반드시 '부족한 노력'과 함께한다.
아버지에게 세뇌당한 탓인지 아직까지 나도 이 사실에 공감한다.

난 조금 더 자라며 '이성'이라는 새로운 차원에 눈을 떴다.
나와는 다른 성별이 있다는 사실이 신기했으며,
점점 더 '여자'라는 성별에 호기심이 커져 나갔다.

내 호기심은 점점 불어나 마침내 호감으로 바뀌어 부모님의 기대감을 배신하기에 충분해졌다.

그 이전까지는 모범적이고 부모님의 기대에 미치는 사랑스러운 아들이었던 내가, 18살 즈음에 몰래 여자친구와 한창 즐거운 시기를 보내는 걸 부모님이 알아차리셨다.

"아들아 지금 너의 선택이 네 남은 긴 인생을 결정한다. 이성을 그렇게 좋아하다간 결국 너의 인생은 패배자가 될 것이다."

"이때부터 내 인생의 톱니 바퀴가 어긋났다."
억지로 이성의 절제를 강요하는 부모님이 미워졌다.

이성과 조금이라도 더 같이 있고 싶다는 생각으로 인해,
부모님과 자주 불화가 일어났으며 끝내 연을 끊게 되었다.

집에서 짐을 싸 나와 나는 다짜고짜 노동을 시작하였다.
당장 지낼 곳과 먹을 것도 없었기 때문이다.

내가 막노동을 하는 탓인지, 내가 그토록 갈망하던 여성들이 점점 나를 꺼려 했다.
이런 절박하고 어려운 상황과, 이러한 상황이 만들어 내는 나의 표정과 행동, 여유 등이 총체적인 나의 '매력'을 떨어뜨렸기 때문이라고 생각한다.

기나긴 고민에 빠졌다.
'어찌해야 내가 원하는 이성인 '여성'들과 즐길 수 있을까.'

한참을 고민해 도출해 낸 정답은 '돈'이었다.

내가 노동하던 곳의 사장님이 항상 고급 자동차와 세련된 옷들로 자신을 치장하여 여성들에게 좋은 평가를 받는 것을 수없이 보았기 때문이다.

분명 경제적으로 풍족한 요소도 매력이 되겠지만, 무엇보다 이 사람이 여성들에게 좋은 평가를 받는 이유는 그의 경제력 덕분에 자연스레 풍겨지는 은은한 '여유'였다.

치장과 돈은 노력하면 어찌저찌 되겠다마는, 이 '여유'라는 친구는 가짜로 만들어 낼 수 없었다.

그때부터 나는 내게 자기 최면하였다.

"나는 경제적으로 여유로운 사람이다."

며칠을 하루에 몇만 번이고 생각하며 되새겼다.

또 매일 같이 거울을 보며 사장님이 하시던 행동과 말투, 제스처, 습관, 표정 등을 연습했다.

반복되는 자기 최면 끝에 결국 나는 눈부신 차이를 만들었다.
모두에게 호감 가는 첫인상인 '성공한 사업가'를 완벽하게 흉내 내고 있었다.

미용실에 가 이발을 하고, 깔끔한 정장을 차려 입고 나는 여느 때처럼 가까운 식당에 식사를 하러 갔다.

여유로운 걸음으로 안내받은 좌석에 앉아 여유롭게 메뉴를 보며 식사를 고르는데 본래 주문을 재촉했어야 했을 터인 점원이 내가 입을 열기를 잠자코 기다리고 있었다.

그렇다.
나를 대하는 점원들의 태도가 달랐다.

다시 한번 깨달았다.
'이 세상은 내용물보다 포장지를 더 높이 여기며, 더 높게 산다.'
풀이하자면, '외유내강보다는 외강내유가 낫다.'

식사를 마치고 바깥으로 나왔다.
길을 걸어도 나를 쳐다보는 수많은 시선들이 느껴졌다.
이제 나는 내가 원하고 그리던 인생에 몇 발자국 더 가까워진 것 같아 흐뭇한 표정을 지으며 길거리를 배회하였다.

그런데 아직 태산 같은 커다란 문제가 남아 있었다.
실은 내용물이 정말 완벽히 비어 있다는 것이다.

내가 원하던 인생으로 향하는 데 필요한 물건과 내용물을 채우기 위해선, 그리고 무엇보다 여성과 함께 있으려면 진실된 경제력이 필요했다.

나는 다시 일자리를 알아보던 중, 자기 최면하려고 공부했던 책의 내용이 떠올랐다.

"자기 최면은 가장 어렵고 난이도가 높은 최면술이며, 타인 최면을 완벽하게 구사해야만 가능한 기술이다."

이때부터였다.
내 뇌에서 두 가지 선택지가 생겼다.

첫째로는, '내 욕구의 쟁취를 위해서라면 뭐든지 할 수 있다.'
그리고 둘째, '아니다. 인간의 도리는 지켜야 한다.'
보통은 이러한 경우에 내적 갈등에 시달리는데,
이미 너무도 다르고 먼 길을 걸어온 나는 달랐다.

일말의 고민도 하지 않고 전자를 택했다.
'양심'이란 건 이미 팔아 치운 지 오래이다.
아니, 애초에 '양심'이라는 친구와 난 함께 태어나지 않았다.

나는 책의 내용을 참고해 앞으로 타인들에게 최면을 걸고 사기를 치기로 마음먹었다.
사람의 심정을 파악하는 방법을 점점 발전시켰고 어떻게 타인들에게 최면을 걸지 계속 교차 검증을 통해 추론하며 상상했고 실행해 보기로 마음먹었다.

먼저 과거에 같이 일했던 동료에게 전화하였다.

"좋은 돈벌이가 있는데 같이 해 볼래?"

이 한마디에 동료는 즉시 만나자고 말했다.

말끔한 정장을 차려 입고 동료를 만나자 그는 나의 달라진 모습에 놀랐는지 눈이 휘둥그레져 물었다.

"그간 무슨 일이 있었던 거야?"

하기야 이전에는 거지꼴이었으니 말이다.

"나 대출 회사에 취직했어."

"정말? 축하해! 잘나가나 보네?"

동료는 샘나는 듯 말했다.

"응. 좋은 돈벌이가 있어. 너도 가르쳐 줄게. 해 볼래?"

"응. 당연하지."

동료는 흔쾌히 승낙했다.

지금 상황이 마치 호수에서 하는 낚시와 같았다.

지금 난 내 미끼인 '간절함'을 던져 주었다.

당시 그와 내가 노동하던 직장은 다소 박봉이었다.

분명 간절한 상황이었을 동료에게 나는 가뭄의 단비 같은 사람일 것이다.

"내가 대출 회사에서 일한다고 했잖아. 그러니까 너가 원하는 은행에서 대출을 받고 나한테 대출 받은 돈의 절반을 주면, 내가 그 기록을 없앨 수 있어."

친구는 한참을 고민한 후 물었다.
"위험한 거 아냐?"
'녀석….'
겉보기와는 다르게 신중한 모양이다.
하지만 이 정도는 예상했던 반응이다.

"걱정 마. 만약 안 지워지면 다시 받은 돈을 돌려주면 되잖아."
정해 놓은 대답을 그대로 던졌다.
"그러네. 한번 해 볼게."
친구가 미끼를 물었다.

나는 대출 회사에서 일하지도 않을뿐더러 대출 기록이 삭제가 될 리가 없다.
조금만 생각해 보면 어린 아이도 알 수 있는 사실인데, 나의 겉모습과 현란한 말로 나를 포장해 내 말이 진실이라고 믿게끔 최면한 것이다.

친구는 즉시 은행에 가 2000만 원을 대출 받아 왔고, 나에게 1000만 원을 건네며 잘 부탁한다고 하였다.

기쁜 미소를 애써 숨기며 걱정 말라는 한마디를 해 주어 안심시킨 후 돌아왔다.

'이렇게 쉽다니….'

난 그의 연락처를 즉시 차단하고 그가 준 돈으로 머릿속에서 그린 이상적인 모습을 위해 비싸 보이는 시계와 정장을 더 구입하고 머리부터 발끝까지 명품으로 치장했다.

하지만 여전히 식사는 최소한으로 하루에 한 끼만, 저렴한 걸로 먹었다. 남에게 보이지 않는 곳에서는 굳이 낭비를 할 필요가 없다고 느꼈기 때문이다.

이때부터 나는 이 길을 향해 뒤도 돌아보지 않고 달려왔고, 편하게 발을 뻗고 자 본 기억이 없다.

자고로 인간이 죄를 짓고 살게 되면 모든 것이 변한다.
꽤나 자주 별거 아닌 거에 깜짝깜짝 놀라며 남들의 당연한 친절과 행동 등을 의심하며 분석한다.
기분도 자주 오락가락한다.

'아쉽지만 이번 인생은 돌이킬 수 없다.'

* * *

오랜 고민 끝에 나는 놀랍고 무서운 마음을 가까스로 달래며 마침내 결론에 도달했다.

'내가 이런 처지가 된 이유는 자기 최면을 가르친 책 한 권과 나를 세뇌 하시던 부모님 때문이다.'

이미 주사위는 던져졌다.

이제 난 언제 끝날지 모르는.

아니, 어쩌면 평생 해야 할지 모르는 '혼자 하는 도피 게임'을 시작했다.

그 어떤 휘황찬란한 수사를 펼칠지 모르는 경찰보다 앞서 있어야 한다.

'누구도 믿어서는 안 된다. 지금부터 남은 인생은 나 혼자 살아가야 한다.'

마음을 열어 준 사람이 배신이라도 하게 되면 난 캄캄한 쇠창살에 오래도록 갇히기 때문이다.

혼자 다짐을 하던 찰나, 좋은 아이디어가 내 뇌를 스쳐 지나갔다.

'뉴스에 나온 저 이진영과 지금의 나를 다른 사람으로 만들면 되겠다.'

그때부터 나는 열량이 높은 음식들을 골라 과하게 섭취하였으며, 머리를 길게 길렀다.

한 달 가까이 노력한 끝에 뉴스에 나온 이진영의 사진과 현재 내 모습은 완벽히 달라졌다.

경찰은커녕 부모님조차도 알아보지 못하게 말이다.

또한 금 목걸이와 금반지로 치장해 새로운 '이진영'을 만들어 냈다.

활동 지역도 바꿨다.

무엇보다 그 이후로 난 인적이 드문 곳에서 밤에만 활동하며 모자를 푹 눌러쓰고 다녔기 때문에 애초에 나를 알아볼 사람조차도 적었다.

내가 살면서 겪어 온 고생과 배포, 그리고 강한 멘탈은 나를 더더욱 매력적인 사람으로 만들어 주기에 충분하였다.

그래도 크나큰 문제가 남아 있었다.
내 수중에 남은 건 현금 뭉치 약 이천만 원가량.
도망자의 신세를 하기에는 턱없이 부족했다.

그런데 난 사실 도피자 주제에 아직 순정이 남아 있다.
정말 사랑할 만한 여성이 나타나면 나는 이 모든 범죄 행위를 싹 끊고 머리를 자르고 패션 스타일도 바꿔서 다시 이미지를 변신해 그 여성과 조용하게 살 것이다.

"이런 나를 받아 준다면 말이다."

내심 내 마음은 나를 이해하고 받아 주는 여성이 있길 바라는 것 같기도 하다.

오늘도 현재의 내 이미지를 유지하기 위해 열량이 높은 치킨을 섭취하는데 평소 친하게 지내던 '봄이' 부장에게 연락이 왔다.

봄이 부장은 룸살롱에서 영업을 하는 업무를 보고 있다.
겉으로 보기엔 아리따운 모습의 여성이지만, 인생의 쓴맛을 많이 보았는지 매우 독한 사람이다.

나의 낚싯대에 걸린 적이 한 번도 없으니 말이다.

나는 항상 이 봄이 부장에게 더욱 심혈을 기울여 미끼를 던지는데 낚싯대에 걸리기는커녕 미끼만 먹고 도망친다.

이런 점이 더욱 내 호기심을 자극하기에 충분했다.
봄이 부장은 내 억센 인생에 오랜만에 '재미'라는 요소로 자극시켜 준 친구이다.
그리고 예상컨대 아마 '봄이'라는 이름은 가명이다.
봄이 부장의 연락은 이러하였다.

"저 가게 옮겼어요. 놀러 오세요."

수상했다.
봄이 부장도 의심스러웠다.

'뉴스에 대문짝만 하게 나온 내 모습을 분명 기억할 텐데 어떻게 저렇게 말할 수 있지?'

"응. 요새 어때?"

난 아무것도 모르는 척 답장했다.

"가게 옮긴 곳 좋아요! 놀러 오세요."
"응. 아니 나 요새 좀 일이 많아서."
"저도 알아요. 괜찮아요. 룸살롱에 오빠 같은 처지인 사람 많아요."

"아."

내가 다소 과대망상하고 있었던 모양이다.
하기야 뉴스만 봐도 나라에서 높은 사람들도 온갖 범죄를 저지르고 잘만 다니는데 나라고 안 될 게 뭐가 있겠는가
나는 지금부터 다짐했다.

'어차피 잡히면 끝장인 인생. 지금부터 범죄의 끝을 달려 보리라.'

다짐을 마친 후 답장을 보냈다.

"지금 출발."

그나저나 역시 봄이 부장은 내 기대를 저버리지 않는다.
내 상황을 다 알고 있으면서 아무렇지 않은 척 이렇게 연락을 하다
니….
정말 영업 능력 하나는 기가 막힌다.

옷들을 주섬주섬 입고 금 목걸이와 금반지를 찬 후,
봄이 부장이 있는 룸살롱으로 향했다.

도착하자 봄이 부장은 눈이 휘둥그레진 채 나를 반겼다.
내 모습이 달라진 게 신기한 모양이다.

'오늘은 무언가 진탕 놀고 싶다.'

나는 본디 룸살롱 이란 곳을 먹잇감을 찾으러 오는 것도 있지만 젊고
어여쁜 여성들과 놀고 싶어서 오는 목적이 사실 더 크다.

"술 아무거나 주고 빨리 여자 넣어 줘."
이성의 손길이 시급해 봄이 부장에게 말했다.

"알겠어요."

봄이 부장이 나가고 조금 지나자 접대부가 들어왔다.

"안녕하세요."

키가 아담하고 살집이 약간 있었지만 높은 구두를 신어 작은 키를 커버한 접대부가 밝은 미소를 띠며 들어왔다.

그녀는 가벼운 인사와 함께 옆에 앉아 내 술잔에 술을 따랐다.

'오늘은 아무래도 주도권을 잡아야겠다.'

한잔 가볍게 마신 후 나는 물었다.

"이름이 뭐야?"

"샴푸예요."

"너희 접대부 언니들은 왜 그렇게 다들 작명 센스가 없어?"

그녀는 당황한 모양이었다.

"죄송해요."

잘못을 한 건 없지만 접대부 샴푸는 사과하였다.

나는 지금 이 접대부에게 돈을 지불해 주는 '갑'이기 때문이다.

"오늘 너는 내 기분을 좋게 해 주어야 해."

한 발자국 더 나아갔다.

"알겠습니다."

샴푸는 자신 있는 듯한 눈치로 말했다.

"그나저나 오빠 부자이신가 봐요."

내 금 목걸이와 금반지를 만져 보며 말했다.

"응. 조금. 너도 앞으로 나랑 자주 만나면 돈도 많이 주고 좋은 정보도 많이 줄게."

접대부 샴푸는 눈을 크게 뜨며 말했다.
"어떤 거요?"

"그런 게 있어."
난 여느 때와 같이 미끼를 던졌다.

샴푸는 계속 내 술잔을 채워 주었고 난 계속 술잔을 비웠다.

'이런 게 악어와 악어새의 관계일까.'
마치 서로에게 부족한 점을 채워 주는 공생관계인 것 같았다.
"킥킥."
난 혼자 생각하며 웃었다.

"너도 술 좀 많이 마셔."
계속 술로 입만 적시는 접대부 샴푸에게 말했다.
"알겠어요."

접대부는 자고로 접대를 해야 하는 입장이므로 술에 취하거나 정신을 못 가누는 상태가 되어서는 안 된다.
또 일을 계속 하려면 술을 자제해야 하는 입장이다.
그래도 나는 이 여성이 술에 취해 정신을 못 가누길 바랐다.

"돈은 내가 많이 챙겨 줄 테니 그냥 편하게 마셔."
가방에 든 돈뭉치를 보여 주며 말했다.
"정말요? 감사합니다."
접대부 샴푸는 웃으며 바로 술잔을 비웠다.

'참 쉽긴….'

시시콜콜한 대화를 계속 나누는데 접대부 샴푸는 점점 정신을 못 차리는지 비틀비틀거리고 있었다.
"같이 나가자."

오늘 밤 나는 이 여성과 같이 있고 싶었다.
또 샴푸는 지금까지 이야기해 온 정황으로 보았을 때, 분명 인성이 좋은 편이고 남자에게 희생적인 여성일 것이라 예상되었다.

"알겠어요."
샴푸는 흔쾌히 수락했다.
난 샴푸와 손을 잡고 함께 밖으로 나와 내가 지내는 모텔에 데려갔다.

그러곤 내 먹잇감의 의미가 여러 가지로 늘어나는 밤을 보냈다.

* * *

한참 단잠을 자다 깨어 비몽사몽 정신을 잡으며 주변을 둘러보자 분명 같이 있어야 할 샴푸가 온데간데 없었다.

무엇보다 중요한 내 생명줄인 '돈 가방'이 사라졌다.

그 가방엔 내가 지금까지 모은 약 2천만 원 돈 뭉치가 있었다.

아무래도 샴푸가 훔쳐 간 모양이다.

내 마음속에서 불길이 솟아오르고, 그 분노는 폭발적이었다.

화를 전혀 주체할 수 없었다.

"아아!!!"

혼자 소리를 치며 버럭 했다.

어제의 일들이 주마등처럼 지나갔다.

취한 척하는 샴푸와…,

샴푸와 진심으로 '사랑'을 해 보려 했던 나….

휴대폰을 꺼내 봄이 부장에게 연락했다.

"혹시 샴푸라는 친구 어디 있는지 알아?"

"같이 계셨던 거 아니에요?"

"응. 근데 내 돈 훔쳐서 사라졌어."

"아…."

봄이 부장도 모르는 모양이다.

"샴푸 혹시 룸살롱에 나오면 나에게 바로 알려 줘."

"알겠어요."

….

그 후로 샴푸의 행방은 묘연해졌다.

엎친 데 덮친 격이었다.

도망자 신세를 유지하기 위해서는 돈이 절실하게 필요했고,

나의 이 비극적인 상황을 위해서는 날 이해해 줄, 품어 줄 여성이 필요했다.

난 지금, 그 두 가지를 모두 날렸다.

세상이 어두워졌고 사회가 미워졌다.

물론 내가 잘못 살아온 탓이겠지만 말이다.

한참을 고민하다 거울 앞에 서서 나에게 말했다.

"이 세상엔 진짜 너 혼자야. 그 누구도 너를 이해, 납득, 공감할 수 없어. 일말의 양심이라도 있다면 너가 누구에게 기대고 의지하려는 생각은 일체 갖지 마."

슬프지만 나를 위로해 줄 사람은 숨쉬는 하늘 아래 단 한 명도 없었다.

내 멘탈은 그리 약하지 않지만, 이번 계기로 더욱 바위처럼 단단해졌다고 생각해 뿌듯했다.

마음을 추스린 후,

여느 때처럼 나는 다시 술집을 전전하며 먹잇감과 이성을 찾아다녔다.

나의 이런 상황은 호랑이에게 날개를 달아 준 격이었다.

단 두 달 만에 나는 술집 접대부 20명에게 약 1억이 넘는 돈을 낚아채는 데 성공했다.

기분 좋게 돈뭉치를 바라보며 휴대폰을 보는데 봄이 부장에게 연락이 왔다.

"오늘 놀러오세요. 저번에 말씀하셨던 합석하실 분을 찾았어요."

나는 일전에 봄이 부장에게 같이 룸살롱에서 한잔할 사람 있으면 소개해 달라고 한 적이 있다.

여차하면 먹잇감으로 이용하거나 나를 치켜세워 주는 사람이 있으면 더욱 낚시질이 쉬울 것이라고 생각했다.

그것을 용케도 기억해 내 영업에 사용하는 봄이 부장의 훌륭함에 혼자 웃었다.

"응. 어떤 사람이야?"

"명문대 나오시고 외국에서 오랫동안 사업하다가 오셨대요."

다소 의심스러웠다.

저런 엘리트 인생을 사는 사람이 왜 룸살롱을 다니는 것이며, 내가 저런 사람한테도 낚시를 성공할 수 있을지 의문이 들었다.

"알겠어. 이따 룸살롱에서 보자고 해."

그래도 일단 승낙했다.

평소 나는 낚시질을 어떻게 할지 항상 여러 방법을 고민하고 있다.
이것은 상대에 따라 각기 다른 미끼를 던지는 차이이다.

이 사람은 어떨지 모르겠지만, 왠지 미끼를 고르는 데 다소 비중을 크게 두어야 할 것 같았다.

한참을 고민하다 보니 해가 저물었다.
봄이 부장에게 연락해 지금 간다고 한 뒤,
금 목걸이와 금반지를 찬 후 룸살롱으로 향했다.

룸살롱에 도착해 문을 열자, 진동하는 퀴퀴한 술 냄새와 함께 봄이 부장과 봄이 부장이 소개해 준다는 사람은 이미 술판을 벌이고 있었다.

봄이 부장은 기다렸다는 듯 일어나 나를 소개했다.
"대출 쪽 일하시는 제 단골 손님이에요!"
봄이 부장은 시뻘건 내 실체를 숨겨 주었다.
난 소개해 준다는 사람을 바라보며 미소를 띠며 인사했다.

"반갑습니다."
그 사람도 미소를 띠며 인사했다.
"반갑습니다. 저는 하태훈이라고 합니다."

하태훈은 훤칠한 외모에 큰 키, 그리고 살짝 까무잡잡한 남성이었다.
나는 대충 인사를 마친 후 소파의 빈 쪽으로 가서 앉았다.

그와 시시콜콜한 대화를 나누고 하태훈을 분석한 결과,
자신이 명문대를 졸업한 사실을 굉장히 자랑스러워했으며, 외국에서
하는 사업도 잘된다는 모양이다.
이 사람도 여차하면 먹잇감으로 삼아야 하기에, 내 머릿속에선 이 사
람을 낚시질할 방법을 계속해서 추론했다.

이 사람은 지능이 높은 사람이니 쉽게 미끼를 물 사람이 아닐 것 같다
는 느낌을 받았다.
따라서 처음 도출해 낸 결론은 '일단 말을 아끼자.'였다.

우린 접대부를 앉히고 걸쭉한 술판을 펼쳤다.
난 술에 정신이 지배되지 않게 계속해서 술잔으로 입술만 적셨다.
봄이 부장은 계속 나를 치켜세워 주었다.

"이 오빠는 돈이 정말 많은지 저희 가게에 정말 자주 와요."

봄이 부장에게 정말이지 고마웠다.

"어떤 대출을 하시길래 그렇게 수익이 많으신가요?"
이 순간이 중요하다.
하태훈이 미끼를 물었다.

하태훈의 질문과 동시에 하하호호 웃던 접대부들이 하나같이 입을 잠
갔다.

아직은 하태훈을 잘 모를뿐더러 하태훈에겐 내 낚시에 있어 가장 중요
한 미끼인 '간절함'이 부족했다.

나를 신뢰하게 만들기 위해서는 간절함은 필수적인 요소이다.

게다가 봄이 부장과의 관계도 생각해야 했다.

따라서 봄이 부장과의 사이가 두터운지도 확인이 필요했다.

"하하. 그나저나 봄이 부장님은 어떻게 알게 되셨어요?"

내가 자연스럽게 물었다.

"며칠 전에 룸살롱에 놀러 왔을 때 봄이 부장님을 알게 되었어요."

일단 사이는 그렇게 두텁지 않은 모양이다.

"저는 뭐 그냥 대출 도와주고 그런 일 합니다. 태훈 씨에 비하면 저는
보잘것없죠."

간절함을 위해 한 발자국 뒤로 물러났다.

"저도 뭐 음식점 사업하는데 장사 요새는 잘 안 돼요. 좋은 정보 있으
면 공유해 주세요."

"그래도 명문대까지 나오신 사장님이 더 대단하시죠."

"아닙니다. 수익이 높은 게 장땡이죠."

"저도 수익이 그렇게 많지는 않습니다. 하하…."

서로에게 의미 없는 칭찬을 늘어놨다.

하태훈에게 간절함이 부족한 모양인지 더 묻지는 않았다.

한참을 접대부와 술판을 즐기는데, 하태훈이 자리에서 일어났다.

"저는 먼저 들어가 보겠습니다. 다음에 또 뵈어요."

"알겠습니다. 다음에 뵈요."

하태훈이 인사하고 밖으로 나가자, 난 마치 싸움을 하고 온 듯 맥이 빠졌다.

나도 웨이터를 불러 계산을 한 뒤, 방문을 열고 룸살롱 밖으로 향했다.

밖은 아직 어두컴컴했다.

안도의 한숨을 내쉬고 이제서야 안심이 되는지 배가 고파왔다.

주변에 위치한 식당 중 어디를 갈지 골랐다.

지금은 시끌벅적하거나 번잡한 곳보다는 음식의 맛과 나의 마음을 편안하게 만들어 주는 곳이 좋을 것 같았다.

한참을 고민한 후 식당을 골라 들어갔다.

식당은 허름했으며 의자도, 식탁도 조그마했다.

적당한 자리에 앉아 메뉴를 보니 마치 식당 주인의 마음가짐이 들리는 것 같았다.

큼지막하게 손 글씨체로 '칼국수'라 쓰여 있었고,

자그마하게 콩국수, 냉면, 비빔국수 그리고 만두가 쓰여져 있었다.

마치 식당 주인이 칼국수를 먹으라고 소리치는 것 같았다.

혼자 피식 웃으며 점원을 불러 칼국수를 주문하였다.

주문한 칼국수가 나와 젓가락을 꺼내 한 움큼 집어 입에 넣었다.

엄마 손맛….

그런 맛이랄까….

자극적이지 않고 심심한 맛….

다시 생각해 보니 가장 맛있었던 맛….

왠지 모를 눈물이 흘렀다.

나는 무척이나 배가 고픈 모양이었다.

음식에…. 그리고 안정에….

칼국수의 뜨거움은 잊은 채,

허겁지겁 먹고 그릇을 깨끗하게 비운 뒤, 칼국수 값을 계산하고 무거
운 발걸음으로 내가 지내는 모텔로 향했다.

* * *

간만에 단잠을 자고 일어났다.

볼록 나온 배 때문인지 오늘따라 몸을 일으키기 힘들었다.

내 자신에게 이유 모를 자괴감이 들었다.

하지만 내 이미지를 유지하기 위해선, 그리고 안전을 위해선 내 배를

더욱 볼록하게 해야 한다.

따라서 영양분을 계속 섭취해 주어야 한다.

난 음식을 배달 주문하려고 휴대폰을 꺼내 들었다.

심사숙고 고민한 후 40년째 운영 중이라는 '근본' 있는 치킨집에 닭고기를 배달 주문하였다.

몽롱한 상태를 즐기고 있는데 초인종이 울렸다.

"띵동-."

배달시킨 치킨이 온 모양이다.

무거운 몸을 일으키고 치킨을 받으러 현관문으로 나갔다.

항상 의구심이 있는 나는 문에 붙은 렌즈를 통해 바깥을 보았다.

'항상 이 순간은 떨리는군.'

배달원이 헬멧을 쓴 채 혼자 있었다.

'휴.'

안도의 한숨을 쉬고 문을 열었다.

"2만 2천 원입니다."

배달원이 가쁜 숨을 내쉬며 말했다.

"안녕하세요. 제가 지금 현금이 없어서 통장으로 입금해 드릴게요. 계좌번호 주시고 가세요."

"네."

배달원은 종이에 계좌번호를 적은 후 치킨을 주고 갔다.

당연히 돈을 입금해 줄 생각은 없다.
왜냐하면 나는 '범죄자'이기 때문이다.
지금 나의 생명줄인 '돈'을 고작 이런 영양소 따위에 남발할 수는 없었다.

치킨을 빠르게 섭취한 후 고민에 빠졌다.
요 근래 난 강남 지역 주변 많은 곳에서 '범죄'를 저질렀기에 슬슬 장소를 옮겨야 했다.
'강남 주변에는 서식해야 하는데….'

내가 강남을 고집하는 이유는 단 한 가지이다.
강남에는 '돈'이 될 만한 일들이 많기 때문이다.

'돈'은 이 세상에서 가장 커다란 '기회'이고 '경쟁력'이다.
인간은 본능적으로 우월함을 찾는 습성이 있기 때문에 대한민국 경제의 중심지인 강남으로 전국의 우수한 인재와 뛰어난 미모를 가진 사람들이 모인다.

내가 '먹잇감'이라고 생각하는 경쟁력 있는 '남성'과 뛰어난 미모의 '여성'은 모두 이 강남에 서식한다.

이곳은 정말이지 마약 같은 곳이다.
한 번 발을 들이면 나가기가 쉽지가 않다.

더 맛 좋은 파이는 대한민국에 존재하지 않기 때문이다.

나는 휴대폰을 꺼내 들어 지낼 만한 장소를 모색했다.
내 사리사욕을 채우기에 안성맞춤인 강남에서는 그리 멀지 않고, 접근성이 좋은 장소를 원했다.
한참을 지도를 본 끝에 이곳에서 택시로 약 십오 분 거리인 사당동을 택했다.

사당동 부근에 지도를 보며 위치한 괜찮은 모텔을 모색했다.

'위너모텔'

내 상황과 안성맞춤인 장소를 찾았다.

위너모텔 주변에 뭐가 있는지 자세히 살펴보았다.
여러 식당들….
그리고 편의점….
나의 몸을 숨기기에 아주 적합한 장소였다.

주변에 위치한 식당 이름을 기억했다.
'명품포차….'

이 모텔에선 이제 지낼 일이 없기 때문에 짐을 주섬주섬 챙겨 밖으로 나와 택시를 잡았다.

"어디로 모실까요?"

택시 기사가 친절하게 물어봤다.

"사당동의 명품포차로 가 주세요."

"네."

이 택시기사는 내가 지낼 곳의 위치 부근을 아는 유일한 사람이기에, 혹여나 수사에 협조하면 독이 될지 몰라 이 사람에게 '범죄'는 웬만하면 피해야 한다.

사당동에 위치한 명품포차로 가는 길.

이곳이 늘 교통이 매우 혼잡한 곳이라는 것은 인지하고 있던 사실이지만 너무나도 혼잡했다.

'정말이지 이 나라는 교통체증 문제는 언제쯤 해결할는지….'

* * *

"도착했습니다."

목적지 도착을 기다리는 지루하고 따분한 한참의 시간을 보내자 택시기사가 말했다.

난 현금을 꺼내 택시 기사에게 2만 원을 준 후 내렸다.

내리자마자 간판에는 '명품포차'라고 쓰여 있는 전혀 명품과는 거리가 먼 인테리어를 한 허름한 술집이 있었다.

'다음에 한번 가 봐야겠다.'

내 최종 목적지는 이곳이 아니기에 내 최종 목적지이자 은신처가 될 '위너모텔'로 향했다.

조금 걸어가자, '위너모텔'간판이 크게 붙어 있는 약 5층 규모의 건물이 보여 들어갔다.

"한 달 이상 묵을 건데…."
"네."
모텔 주인은 게임을 하는지 건성으로 대답했다.
"계산은 매일매일 할게요."
"알겠습니다."

난 항상 그 어떤 불가피한 상황에 맞닥뜨릴 수 있고,
언제든 도피해야 할 만반의 준비를 해야 한다.

배정된 609호 열쇠를 받은 후,
방으로 들어가 옷을 벗어 바닥에 던지고 침대에 뛰어 누웠다.
육중한 몸 때문에 체력이 크게 저하되어 있는지 한 것도 없는데 숨이 가빴다.

'정말 운동해야겠다.'

"띠링-."

휴대폰에서 알람이 울렸다.

나에게 '아직' 본능을 드러내지 않은 어제 알게 된 하태훈이었다.

"잘 들어가셨어요?"

시답잖은 안부 연락이었다.

"네."

"대출에 대해 저도 자세히 알고 싶습니다."

이제서야 간절해졌는지 드디어 미끼를 세게 물었다.

"단둘이 만나서 이야기하시죠."

낚싯대를 세게 당겨야 할 타이밍이라 판단했다.

"알겠습니다. 지금 바로 계신 곳으로 갈게요."

하태훈은 비록 봄이 부장과의 관계가 있지만, 분명 봄이 부장은 나와의 관계가 더 중요하다고 여길 것이다.

주변 카페의 주소를 보내 준 뒤 '어떻게 하태훈을 낚시질을 할 지' 고민하며 주섬주섬 옷을 입고 나갔다.

카페에 도착하자 하태훈은 선글라스를 목에 차고 누가 봐도 사업가라는 냄새를 풍기며 기다리고 있었다.

"안녕하세요."

"안녕하세요."

"바로 본론으로 들어가겠습니다. 저는 대출 상담사인데 대출을 받고 저한테 돈을 조금 주면 그 기록을 없애 드릴 수 있습니다."

"정말인가요? 그게 어떻게 가능한 거죠?"

하태훈이 날카로운 질문을 했다.

하지만 망설이는 척은 금물이다.

미리 준비한 멘트를 말했다.

"제가 대출 상담사 일을 오래해서 금융권 종사자들을 많이 압니다. 대출 기록을 조금 지워 달라고 하는 건 일도 아니에요. 다만 한 사람당 한 번만 가능해서 이렇게 부탁하고 다니고 있습니다."

….

….

하태훈이 긴 고민에 빠져 정적이 흘렀다.

한참을 고민한 하태훈이 입을 열었다.

"제가 술집을 운영하는데, 매출이 높아 대출이 많이 나올 겁니다. 정말로 그게 가능하다면 제가 대출액을 크게 받아 오겠습니다."

"…얼마나요?"

"백억 원 이상은 대출이 나올 것 같습니다."

…….

하태훈의 표정을 보니 아무래도 진심인 모양이다.

"게다가 이 정도 대출이 나올 법한 사람들이 주변에 많습니다. 소개도 해 드릴게요."

…….

정말 티비에서만 본, 믿기지도 않고 말도 안 되는 수치의 금액이었다.

하지만 인생이라 함이 뭐가 있는가.
어차피 범죄자로 언론에 대문짝만 하게 나온 판에 뭐가 무섭겠는가.

"알겠습니다. 일단 한번 해 보죠."
"그럼 일단 제 지인을 먼저 해 보도록 하겠습니다."
하기야 하태훈의 지인에게 하든지 하태훈에게 하든지 큰 상관은 없었다.
"알겠습니다."
하태훈은 휴대폰을 꺼내 밖으로 나가 한참을 통화한 후 지인을 데려왔다.
지인은 좀 젊어 보이는 20대 남성이었다.
난 그를 나의 특기인 분석에 나섰다.

자신의 무지함을 숨기려 애쓴 듯 한 화려한 옷 차림과 어수선한 표정을 띤 것이 하태훈의 지인은 확실하게 '바보'였다.

"이 친구가 아버지가 골프장 사업을 엄청 크게 하시는데, 관심이 있다고 해서 데려왔습니다."

하태훈이 입을 열었다.

"안녕하세요."

"안녕하세요."

난 그와 가볍게 인사를 나눈 후 바로 설명했다.

"네. 다시 한번 말씀드리겠습니다. 원하시는 은행에 가서 대출을 받고, 그 금액의 20%만 제게 현찰로 주시면 제가 대출 기록을 없애 드리겠습니다."

"오. 솔깃한 제안이네요."

하태훈의 지인이 방긋 미소를 띠며 대답했다.

하태훈의 지인은 잠시 고민하더니 입을 열었다.

"좋아요. 바로 하겠습니다. 대출 금액은 가능한 한 가장 크게 받아 오면 되는 거죠?"

"네."

이 친구는 별다른 의심 없이 흔쾌히 승낙했다.

하태훈의 지인이 대출을 받으러 나가자 긴장되는 시간이 흘렀다.

심장이 쿵쾅거렸으며 침을 삼키는 소리까지 들렸다.

한참의 정적이 흐르자 하태훈의 지인이 커다란 가방 6개를 낑낑대며 들고 왔다.

"총 50억 원 대출 받았습니다."

…?

'성공이다.'

난 이제 침착함만 유지하고 마지막 관문만 넘으면 된다.
평소와 같이 나는 휴대폰을 꺼내 들어 말했다.
"이름이랑 은행, 금액 알려 주세요."
"네."
난 그가 받아온 대출 내역을 받아 적은 후 말했다.
"이제 이 대출은 제가 사무실에 들어가서 기록을 삭제하겠습니다.
20%인 10억 원 주시면 됩니다."
"네."
약 8억 원이 든 커다란 가방 한 개를 건네주었다.
"이거만 드리면 될까요?"
가방을 열어 보자 오만 원권 지폐 뭉치가 수도 없이 많았다.

….

"알겠습니다. 해 드릴게요."
"감사합니다."

가방을 챙겨 나가려 하자,
"잠깐."
하태훈이 날 불러 세웠다.

"꿀꺽-."
하태훈이 입을 여는 그 짧은 찰나가 길게 느껴졌다.

"나에게도 소개해 준 비용 20% 줘야지."
하태훈이 하태훈의 지인에게 말했다.
뭔지 모르겠지만 안도의 한숨을 내쉬었다.

"아. 알겠습니다."
하태훈의 지인은 하태훈에게도 가방 한 개를 건네주었다.

머리가 하얘졌다.
'소개해 준 비용을 저렇게나 많이 받다니….'

"그럼 저는 얼른 가서 기록을 삭제해 드리겠습니다."
빨리 자리를 뜨고 싶어 인사한 후 하태훈의 지인에게 받은 커다란 가방을 들고 내가 묵는 모텔로 향했다.

분명 무거운 가방을 들고 힘든 발걸음을 옮기는데,
기분은 날아갈 듯 기뻤다.

모텔에 도착해 나는 휴대폰 기록을 모두 지우고 망치로 휴대폰을 부쉈다.
이 휴대폰은 내가 심혈을 기울여 관심과 사랑을 주었던 '접대부' 여성의 휴대폰이다.
휴대폰은 사실 요즘 세상에 있어 꼭 필요한 물건이고 나에게도 절실하게 필요하다.

하지만 반대로 독이 될 수 있어 휴대폰을 사용할 때는 다른 사람의 명의를 빌리고는 했다.

다만 이렇게 위험한 큰 돈을 낚아 챘으면 처분해야 했다.
그리고, 처분할 만했다.

아까 가져온 돈이 든 가방을 침대로 가져와 열어 보았다.
5만 원 지폐 다발이 정말 수도 없이 많았다.

'이 돈이면 정말 아무 걱정 없이 살 수 있겠는데?'

과거에 사회와 세상을 미워했던 자신은 온데간데 없고 세상이 쉽기만 했다.
오히려 지난날의 힘듦과 괴로움을 보상받는 느낌이었다.

나는 가방 안에 손을 넣어 두툼한 두 손으로 지폐를 한 움큼 꺼내어 침대에 뿌리고 그 위에 누웠다.

'돈 방석이 가장 편하다던데 정말이군.'

오늘만큼은 고생한 나에게 '휴식'이라는 보상을 주고 싶었다.
난 지폐로 가득 찬 침대에 누운 상태에서 웃는 얼굴로 스르르 잠이 들었다.

* * *

잠에서 깨 눈을 떠 보니 난 여전히 지폐들을 깔고 누워 있었다.

아까의 일은 현실이었다.

자는 내내 꾸었던 꿈도 달콤했던 것 같은 기분이었다.

다른 휴대폰을 꺼내 열어 보니,

봄이 부장에게 연락이 와 있었다.

"저번에 뵌 하태훈 씨랑 무슨 일 하셨어요?"

싸늘했다.

휴대폰을 부숴 나라는 사람은 증발했을 터인데,

하태훈과는 봄이 부장이라는 연결고리가 있었다.

연락도 안 되고 돈만 들고 사라진 나를 하태훈이 가만히 놔둘 리 없다.

"아냐. 별일 없어."

"하태훈 씨가 같이 돈도 벌었는데 같이 놀자고 하시던데요?"

"응?"

….

'이게 무슨 말이지?'

"들어 보니 지인분 잘 모르는 사람이라고 걱정 말라고 하시던데요?"

….

"일단 알겠어."

생각에 잠겼다.
머릿속으로 추론을 시작했다.

대개 지금까지는 내가 이런 대출을 지워 준다는 달콤한 이야기를 하면, 본인이 먼저 하려고 안달이 났었다.
설령 나라도 그럴 것 같다.

하지만 하태훈은 달랐다.
하태훈은 나의 이야기를 듣고 바로 지인을 소개해 줬다.
본인이 안 하고 말이다.
나에게 들은 대출 이야기를 본인이 직접 실행하지 않은 정황으로 볼 때, 하태훈의 행동에 내릴 수 있는 결론은 두 가지이다.

첫째로는 혹시 모를 상황과 변수에 대비해 신중하게 대처한 것이고,
둘째로는 본인이 대출을 받을 수 없는 상황인 것이다.
아무리 생각해도 첫 번째 이유일 확률은 압도적으로 낮았다.
설령 신중하게 대처하더라도 지인이 피해를 보기 때문이다.

무엇보다 봄이 부장의 문자가 떠올랐다.

"하태훈 씨가 같이 돈도 벌었는데 같이 놀자고 하시던데요?"

'같이 돈도?'
….

아무리 봐도 하태훈은 나와 같은 계열의 '범죄자'였던 것 같다.

결론을 내리자 나는 하태훈과 진실을 파헤치고 회포를 풀고 싶었다.
나의 이 기쁨을 함께 나눌 사람이 절실했기 때문이다.
하태훈이 정말 범죄자라면 공감과 기쁨을 함께할 수 있는 제격의 사람
이었다.

나는 휴대폰을 꺼내 들어 바로 봄이 부장에게 연락했다.

"하태훈 씨한테 이따 보자고 전해 줘."

나는 돈가방에서 지폐를 한 움큼 집어 들고 작은 가방에 넣은 후 금 목
걸이와 금반지, 그리고 버튼식 칼을 챙겨 주머니에 넣고 봄이 부장이 영
업하는 룸살롱으로 향했다.

봄이 부장이 보내 준 주소는 기존에 갔던 룸살롱의 주소가 아니었다.
도착하자 커다란 입구와 화려한 조명이 아래로 향하는 계단을 쬐고 있

었다.

간판에는 '달리는 거북이'라 쓰여 있었다.

룸살롱의 이름이었다.

'이름 참 못 짓네.'

혼자 피식 웃으며 계단을 내려갔다.

계단을 내려가자 카운터에서 봄이 부장이 반갑다는 듯 미소를 띠며 달려와 인사했다.

"오셨어요~?"

"응."

"하태훈 씨 기다리고 계세요. 안내해 드릴게요."

"응. 하태훈 씨 혼자 있지?"

"네."

혹시 모를 상황에 대비해 주머니에 손을 넣어 칼을 꽉 쥔 채 봄이 부장의 뒤를 따라 하태훈이 있는 방으로 향했다.

하태훈이 제발 나와 같은 '범죄자'이기를 간절히 빌고 빌며 많은 방을 지나가자 봄이 부장이 멈춰 섰다.

"여기예요."

방문에는 '228'이라고 쓰여 있었다.

228번 방이라는 뜻인 모양이다.

방문을 열자 하태훈은 접대부 두 명을 양쪽에 앉히고 놀고 있었다.

"왔어요?"

방의 테이블 위에는 5만 원 지폐가 다발로 있었다.

족히 이백 장은 되어 보였다.

또, 비싸 보이는 술이 5병이나 있었다.

하태훈이 시킨 듯한 모양이었다.

"오늘 저희 돈 많이 벌었으니까 한번 신나게 놀아 봅시다."

하태훈이 웃으며 말했다.

"으응⋯."

하태훈은 테이블에 놓인 5만 원 다발을 한 움큼 집어 들어 봄이 부장에게 건넸다.

"우리 언니 2명 더 보내 줘. 나머지는 너 담배값 하구."

"감사합니다."

하태훈은 광기가 서린 눈으로 날 바라봤다.

"형님, 제가 한 건 해 드렸습니다."

"으응. 그러네."

"휴대폰은 버리신 거예요?"

"응⋯. 고장 났어."

"에이, 뭘 거짓말을 하고 그러세요. 같은 업계 사람들끼리."

⋯.

머리가 띵 하고 울렸다.

하태훈은 역시 '범죄자'였다.

"전 사실 봄이 부장한테 이야기 듣고 바로 감이 와서 소개해 달라고 한 거예요."
"그래…?"
"걱정 마세요. 오늘 재밌게 놀아 봐요."
"알겠어."
아직 마음 한켠에 두려움이 남아 있었기에 마냥 편하게 놀 수는 없었다.

하태훈은 5만 원 지폐를 또 한 움큼 집어 들어 양쪽에 앉은 접대부에게 주었다.
"너희도 오늘 날 재밌게 해 주어야 해."
양쪽에 앉은 접대부 두 명은 행복한 듯 미소를 띠며 대답했다.
"알겠습니다!"

하태훈의 행동이 너무 웃겨 나도 모르게 텐션이 올라갔다.
점점 나도 미친 듯이 놀고 싶어졌다.

접대부가 두 명 들어와 내 양쪽에 앉자, 나도 하태훈을 따라 했다.
5만 원 지폐를 양손에 집어 양쪽에 앉은 접대부에게 건네주었다.
"너희도 오늘 날 재밌게 해 주어야 해."
접대부는 눈이 휘둥그레지며 받았다.
"물론이죠!"

나의 고생을 보상해 주는 듯,

지금까지 내가 룸살롱을 다니며 받지 못했던 최고의 접대를 받았다.

역시 자본주의 시대에 왜 돈이 최고인지 새삼 다시 한번 느끼게 되었다.

"똑똑."

웨이터가 쟁반에 비싸 보이는 술을 가득 싣고 들어왔다.

"제가 샀어요."

하태훈이 말했다.

웨이터는 쟁반에서 비싸 보이는 술을 한 병씩 테이블에 놓고 말했다.

"주문하신 헤네시, 돔페리뇽, 아르망디입니다."

이름도 모르는 비싸 보이는 술들이었다.

하태훈은 오만 원 지폐를 또 한 움큼 집어 웨이터에게 건네주며 말했다.

"팁이야."

"정말 감사합니다."

웨이터는 두 손으로 허리를 숙이고 받으며 말했다.

'족히 백만 원은 되어 보였는데….'

'나도 질 수 없지.'

나도 오만 원 지폐를 한 움큼 집어 웨이터에게 건네주었다.

　　웨이터는 정말 물 만난 고기가 따로 없는 듯한 행복한 표정을 지으며
허리를 숙이고 받았다.

　　웨이터는 술 뚜껑을 따 준 후 우리에게 한 잔씩 따라 주고 문을 닫고

나갔다.

웨이터가 나가자 하태훈의 옆에 앉은 접대부가 말했다.
"오빠들처럼 팁을 많이 주시는 분들 처음 봤어요."

'나도 처음 이렇게 많이 줘 보는데….'

그러자 하태훈이 말했다.
"너도 열심히만 일하면 더 많이 줄 수 있어."
"정말요?"
"응."
하태훈은 정말 돈으로 사람을 부릴 줄 아는 사람인 것 같았다.

한참 행복한 시간을 보내는데 하태훈이 내게 물었다.

"앞으로 저랑 함께해 보시는 게 어때요?"
"당연하지."

하태훈은 씨익 웃으며 내게 술을 따라 주고 자신의 술잔을 손에 들어
내게 내밀었다.

"건배-."

난 내 술잔을 들어 하태훈의 술잔을 살짝 쳐 건배를 하였다.

오늘은 정말이지 말로 형용할 수 없을 만큼 행복했다.

'범죄자'의 길을 택한 후 처음으로 생긴 나의 이해자를 찾았다.

또 나에게 본능을 드러낸 사람이 밉지 않은 건 처음이었다.

이로써 위대한 범죄자 두 명의 팀이 결성되는 날이 된 것만 같았다.

얼마나 지났을까….

나의 고생에 보상을 주듯 술을 마음껏 마셔댔더니 정신이 혼미해졌다.

"나는 유학생이야…."

하태훈이 점점 헛소리를 하는 것을 보아 하니 하태훈도 많이 취한 모양이었다.

난 자리에서 일어나 하태훈에게 말했다.

"먼저 갈게. 너도 얼른 들어가라."

"알겠습니다. 자고 일어나서 뵈어요."

난 하태훈과 짧게 인사하고 봄이 부장이 있는 카운터로 향했다.

"백이십만 원입니다."

돈 이야기를 해서 그런지 모텔에서 나를 하염없이 기다리는 수많은 지폐 다발이 생각이 났다.

난 봄이 부장에게 오만 원 지폐를 한 움큼 집어 대충 주었다.

"남는 건 너 해."

"감사합니다."

예전의 나는 한 푼 한 푼 아끼던 삶을 살았지만,

지금 고작 이런 푼돈 때문에 시간을 쏟는 게 더 아까웠다.

난 봄이 부장의 안내를 받아 바깥으로 나가, 불러 준 택시를 타고 위너
모텔로 향했다.

"조심히 들어가세요. 오빠."
"다음에 또 뵈어요. 오빠."

아까 연락처를 받아 둔 양쪽의 접대부에게 연락이 왔다.

'진작 이런 식으로 돈으로 부릴걸.'

오늘은 아무 생각 없이 휴식을 취하고 싶어 답장하지 않았다.
'위너모텔'에 도착해 나는 기다리고 있던 지폐로 가득 찬 침대에 몸을
던져 누워 눈을 감았다.

* * *

"따르릉-."
"따르릉-."
단잠을 전화 소리가 깨웠다.
눈을 반쯤 감은 채 휴대폰을 보았다.

"언니 144호"

휴대폰엔 이렇게 쓰여 있었다.

분명 어제 왼쪽에 앉았던 접대부 연락처이다.

난 항상 너무 많은 접대부의 번호를 받기에, 기억하기 좋게 이렇게 저장한다.

"왜 연락을 안 받으세요?"
급한 목소리로 여성의 목소리가 들렸다.
"자고 있었어."
"아. 죄송해요 다시 주무세요."
"응."

짜증이 밀려왔다.
나의 단잠을 왜 고작 접대부 따위가 깨우는지….
한참 짜증을 내고 있는데 한편으로는 의구심이 들었다.
'굳이 접대부가 전화까지 하며 나를 깨우나…?'
난 그녀에게 다시 전화했다.

"그나저나 왜 전화했어?"
"연락 무시하시길래 전화 드렸어요."
짜증이 다시 밀려왔다.
"그렇다고 전화를 해?"
"죄송합니다."
정신이 이상한 여자임이 틀림없다.

"그래⋯. 잘 들어와서 잤어. 너도 잘 잤니?"

"네."

아무래도 나를 놓치기 싫은 듯한 모양이었다.

정신을 차리고 다시 침대를 보니 여전히 지폐들이 득실득실했다.

아직은 일명 '지폐 침대'가 질리지 않았다.

"오늘 혹시 뭐 하세요?"

접대부는 당장이라도 나를 만나고 싶어 하는 듯한 모양이다.

"오늘은 일이 조금 바쁠 것 같네."

이 언니에게 간절함은 분명 보였으나 왠지 더욱 더 간절하게 만들고 싶었다.

"알겠어요. 내일은요?"

"풉."

웃음이 터져 나왔다.

언니 144호는 내가 바라던 대답을 즉시 해 주었다.

"내일은 괜찮을 것 같아."

난 곧장 미끼를 던져 주었다.

"그럼 우리 내일 꼭 만나요."

"응."

여자를 낚는 건 남자를 낚는 것보다 더욱 쉽다.

"제가 좋은 식당 예약해 둘게요."

"응. 너가 먹고 싶은 거 다 먹어."

"네!"

언니 144호는 신나는 듯 대답했다.

'밥이야 뭐…….'

내 마인드가 분명 다소 달라진 모양이다.

고작 보유한 지폐가 좀 많이 생겼다고 평소에 가지지 못했던 여유가 생겼다.

분명 이전의 나였다면 절대 이렇게 대답하지 않았을 것이다.

전화를 끊고 어제 하태훈의 지인을 낚아 받은 가방에 돈이 있는지 확인하려 지퍼를 열었다.

역시 수많은 지폐 다발이 아직 있었다.

아직도 꿈만 같다.

'원래 돈 벌면 소고기지!'

평소에 좋아하지만 비싸서 먹지 못했던 소고기가 급격하게 먹고 싶어졌다.

'분명 모텔 주변에 소고기집이 있었는데….'

어제 택시를 타고 오며 보았던 소고기집이 생각났다.

'음…. 돈이 아깝긴 한데….'
잠시 먹을지 말지 고민에 빠졌다.

'지금 날 막을 수 있는 건 경찰뿐이야.'
수많은 지폐를 보고 난 더 참을 수 없었다.
아니, 참아야 할 이유가 없었다.
원래 내가 들고 다니던 작은 가방에 지폐를 한 움큼 집어 넣은 후,
바깥으로 향했다.

바깥은 난로와 같은 열기와 따스한 햇살이 기다리고 있었다.
내가 어제 본 소고기 식당은 명품포차 건너편에 위치해 있었다.
난 혀를 내뱉고 헐떡이며 어제 본 식당에 도착했다.

간판에는 이렇게 쓰여 있었다.

"유령암소고기"

'나같이 떠돌이 유령이 먹는 소고기 식당인가?'
혼자 피식 웃으며 식당 안으로 들어갔다.

"몇 분이세요?"

식당 안으로 들어서자 나이가 좀 있는 아줌마 점원이 말했다.

"혼자예요."

"1인분 주문 안 됩니다."

나를 문전박대하는 표정으로 말했다.

왠지 나를 깔보는 것 같았다.

"1인분 주문 안 해요."

점원은 내 대답을 듣고는 바로 표정을 바꾸며 방긋 웃었다.

"네. 안내해 드릴게요."

점원은 살랑거리는 손짓으로 넓은 테이블 자리를 안내했다.

고급 식당답게 테이블 위에는 깔끔하게 수저와 물티슈가 세팅되어 있었다.

물도 점원이 따라 주었다.

"메뉴 보시고 불러 주세요."

"잠시만요."

뒤돌려는 점원을 다시 불렀다.

나는 가방에서 오만 원 지폐 한 장을 꺼내 점원에게 쥐어 주었다.

점원의 눈은 내가 생전 처음 보는 크기로 커졌다.

"힘드실 텐데 밥값 하세요."

점원은 몇 초간 말을 잇지 못하더니 눈물을 흘렸다.
"제가… 오늘… 생일이거든요….”

'이게 그렇게까지 고마워할 일인가?'
난 가방에 존재하는 많은 지폐 중 고작 한 장 주었을 뿐인데 말이다.
"정말 감사합니다. 복 받으실 거예요.”
점원은 한참 혼자 눈물을 흘리다 감사의 말을 하고 뒤돌았다.

미묘한 기분이었다.

메뉴판을 열어 보자 암소가 수소보다 근육이 가늘기 때문에 육즙이 더
많아 맛이 훨씬 좋다는 식당 안내가 첫 페이지에 있었다.

또 이 식당은 암소로만 고기를 판매한다고 쓰여 있었다.
암소는커녕 소고기 자체를 많이 먹어 본 적이 없는 나는 아무 생각 없
이 넘겼다.

그 뒤에는 소고기의 여러 부위를 판매하고 있었다.
평균적으로 일 인분에 육만 원 남짓이었다.

아무리 암소 고기가 귀해도 그렇지,
일반 음식의 몇십 배 가격에 달하는 음식은 말도 안 되고 처음 먹어 본다.

부위를 잘 모르는 나는 아까 혼자 감동의 눈물을 흘리던 점원을 다시

불렀다.

"어떤 부위가 맛있나요?"
"솔직히 저도 잘 몰라요."
하기야 오만 원에 눈물을 흘리는 사람이 일 인분에 육만 원짜리 메뉴를 알 리가 없다.

'쓸모없군.'

대충 두 부위를 골라 일 인분씩 주문한 뒤 휴대폰을 열어 보았다.
'어제 왼쪽에 앉았던 144호는 내일 만나기로 했고….'
오른쪽에 앉았던 '언니 143호'의 조심히 들어가라는 연락에 대답을 보냈다.

"잘 들어갔어?"

그녀는 기다렸다는 듯 답장이 왔다.

"물론이죠. 잘 주무셨죠?"

분명 나의 흐릿한 기억에서 언니 143호는 약간 똑똑해 보이고 눈빛이 강렬했다.

'미끼를 좀 신중하게 더 던져야겠다.'

오랫동안 사람을 낚시질해 온 나는 사람의 관상이나 말투, 행동 등을 참고해 종합적으로 인간을 분석한다.

결과, 언니 143호는 확실하게 엮이면 좋지 않을 인상이었다.

"응. 다음에 기회 되면 보자."

그녀를 다소 심하게 밀쳤다.

"네."

언니 143호는 흔쾌히 대답했다.
아무래도 자존심이 센 모양이다.
보통이라면 기분이 나쁠 상황인데 말이다.

"주문하신 채끝살, 등심 나왔습니다."
아까 눈물을 흘리던 점원이 양손에 고기를 들고 내게 왔다.

"구워 드리겠습니다."

원래 점원이 고기를 대신 구워 주는 식당인지, 아니면 내가 오만 원 지폐를 한 장 챙겨 줘서인지 내가 먹을 고기를 대신 구워 주겠다고 한다.

"하하. 감사합니다."

분명 이 점원은 자신이 먹는 음식도 아닌데, 현란한 손놀림으로 내가 먹을 고기를 정성껏 구워 주었다.

잠시 기다리자 점원이 내 앞접시에 고기를 한 점 덜어 주며 말했다.
"한번 드셔 보세요. 소금만 찍어 드시면 맛있습니다."
거참 친절함에 몸 둘 바를 모르겠다.

"네."

난 점원이 준 고기 한 점을 소금에 살짝 찍어 입 안에 구겨 넣었다.
부드러움은 극치에 달했으며, 씹는 소리는 전혀 나지 않고 풍부한 육즙이 혀를 매료시키며 입 안에서 흘러내렸다.
생전 처음 느껴 보는 맛이었다.

하지만 행복은 짧은 법….

내 입천장은 뜨거움에 시려 왔고, 고기는 두세 번 씹자 멋대로 내 위장 안으로 이동하고 있었다.
난 다시 이 행복을 느끼기 위해 고기를 한 점 더 입에 넣었다.

처음 느꼈던 맛에서 반감이 되었다.
맨 처음 맛본 고기의 그 맛을 다시 한번 맛보기 위해 난 쉼 없이 고기를 입에 마구 넣었다.

정신을 차리자 점원이 구워 주던 모든 고기는 사라져 있었다.

'쩝….'

자리에서 일어나 대충 가방에 든 지폐 몇 장을 꺼내 계산을 한 후 밖으로 나갔다.

분명 2인분을 혼자 해치웠는데 내 위는 아직 음식을 갈망하고 있었고, 무엇보다 내 마음은 여전히 허했다.

평소에 그렇게나 먹고 싶던, 소망하던 소고기를 먹었지만 맛 자체가 그렇게 좋진 않았다.

'내가 진정으로 원했던 건 소고기의 맛이 아닌, 원하는 걸 마음껏 대접받고 먹을 수 있는 상황 아닐까?'

밖으로 나오자 여전히 바깥은 불같은 태양이 내리쬐고 있었다.

하지만 괜찮다.

두둑한 지폐 가방이 있으니까.

'이제 뭐 하지?'

오늘은 왠지 괜히 소비하고 싶은 날이었다.

손을 펴 바라보니 금반지들이 보였다.

분명 난 요새 차고 다니던 그저 금 색깔로 도색한, 저렴한 금 목걸이와 금반지가 녹슬어 금빛을 잃고 있는 것을 최근에 확인했었다.

'치장 좀 해야겠다.'

내가 남들에게 하는 낚시질에 있어 우월한 경제력을 뽐내는 것은 필수적인 요소이다.

휴대폰을 열어 주변에 위치한 금은방을 검색한 후,
택시를 불러 괜찮아 보이는 금은방으로 향했다.

"어서 오세요."

보석집 사장으로 보이는 사람이 미소를 띠우며 인사했다.

금은방에는 수많은 유리로 된 테이블과 그 유리 안에는 보석으로 된 많은 제품들이 진열되어 있었다.
꽤나 면적이 큰 가게였으나 50대로 보이는 이 사장이 혼자 접객하고 있었다.

"네. 안녕하세요."
"어떤 거 보러 오셨어요?"
"금 액세서리 좀 보러 왔어요."
"네. 어떤 부위 원하시나요?"
"팔찌랑 목걸이, 반지 전부 다요."

금은방 사장의 눈동자가 커지며 미소를 띠었다.

"제가 최대한 잘 맞춰 드리겠습니다."
"네."

사장은 테이블 유리의 안쪽에서 문을 열어 금으로 된 목걸이를 몇 개 꺼내 보여 주었다.

"목걸이는 이거 어떠세요?"

진짜 금으로 된 이 목걸이는 내가 기존에 차고 다니던 목걸이와 색깔이 확연히 달랐다.

'오오오….'

"순금 20돈이 들어간 목걸이입니다. 가격은 900만 원입니다."
"네?"

'900만 원은 자동차를 살 수 있는 돈이 아닌가?'

사장은 일반적인 상식에 많이 어긋나는 터무니없는 금액을 말했다. 하지만 현재 그 돈은 내게 그렇게나 부담스러운 금액은 아니었다.

'고생한 나에게 선물은 줘야지.'
혼자 피식 웃으며 생각했다.

"아. 네. 저렴하네요."

"반지는 몇 개 필요하세요?"

"네 개요."

"반지는 4돈 들어간 금반지가 1개당 200만 원입니다."

"아. 네. 팔찌는요?"

"팔찌는 10돈 들어간 금팔찌 500만 원입니다."

"다 하면 얼마죠?"

"2200만 원입니다."

"네."

….

아무리 내게 주는 선물이라지만 터무니없는 금액이었다.

내 마음은 곧 표정에 나타났고, 내 표정을 멍하니 바라보고 있던 금은방 사장의 커진 눈동자는 원상 복구되었으며 미소도 온데간데 사라졌다.

난 한참을 고민한 후 말했다.

"살게요."

….

"네???"

금은방 사장의 눈은 이전보다 더욱 커졌으며 놀란 마음을 숨기지 못하는지 표정에 티가 났다.

"아이고. 감사합니다. 네."

가방을 열고 현금 다발을 꺼내려 하자 금은방 사장은 기쁨을 주체할
수 없는 듯한 표정을 하고 있었다.

"지금 제가 현금이 1500만 원밖에 없는데, 나머지는 제가 집에서 바로
가져다 드릴게요."
"알겠습니다. 성함하고 연락처만 적어 주시고 가져가십시오."
"네."
나는 금은방 사장이 건네준 메모지에 아무 이름과 번호를 적어 둔 후
바깥으로 나왔다.

간단하게, 그리고 습관적으로 2200만 원 값어치인 금팔찌와 금 목걸
이, 그리고 금반지 8개를 1500만 원에 구입하는 데 성공한 나는 미소를
띠우며 위너모텔로 돌아와 책상 위에 가지런히 올려 둔 후 잠을 청했다.
이제 이 정도의 낚시질은 크게 기쁘지도, 감흥이 크지도 않았다.

다음 날,
요즘 난 꿈보다 더욱 달콤한 현실이 기다리고 있다.

잠에서 벌떡 일어나 하태훈의 지인이 준 가방을 다시 한번 열어 보았다.
역시나 지폐 다발은 그대로 있었다.

"피식-."

미소를 띤 후 다시 침대에 누워 휴대폰을 열었다.

어제 기회 되면 보자고 잘 끝낸 줄 알았던 '언니 143호'의 연락이 와 있었다.

"저랑 만나 주세요."

"피식-."

"응. 곧 한번 보자."

다시 한번 그녀를 밀쳤다.

'언니 143호'는 확실하게 엮이면 좋지 않을 인상이었기 때문이다.

무엇보다 난 지금 아쉬울 게 없었다.

오늘은 '언니 144호'를 만나는 날이었기 때문이다.

잠시 기다리자 언니 143호에게 답장이 왔다.

"저 진짜 놓치면 아쉬운 사람일 거예요."

"풉."

그래 봤자 매춘부다.

"그래. 진짜 보자."

그래도 뭔가 재미가 있을 것 같아 대답했다.

조금 기다리자 오늘 만나기로 한 '언니 144호'에게 연락이 왔다.

"오늘 만나기로 한 거 기억하시죠? 좋은 식당 예약했어요."
"응."

날 만나기로 해서 절로 신이 난 모양이다.

"지금 뵈어요."
"응. 어디서 볼까?"
"청담동에 제가 예약한 식당이 있어요."

청담동….
청담동은 대한민국 강남 한복판에 위치한 동네 이름이며,
온갖 명품 매장과 비싼 식당, 고급진 아파트들로 치장된 대한민국 최고 부촌이다.
평소의 나라면 거들떠보지도 못할 동네지만,
지금의 나는 꿀릴 게 없었다.

"응. 청담동 어디?"
"청담동 명품포차 주변에 있으니 거기서 뵈어요."

명품포차….

분명 내가 지내고 있는 이곳 사당동 모텔 주변에 위치한 식당의 이름

이었다.

'같은 이름이 있나 보군.'

뭔가 청담동에 있다고 하니 정말로 명품 같은 술집일 것 같았다.

"지금 갈게."

답장을 한 후 나는 옷을 입고 어제 구매한 금팔찌, 금 목걸이를 차고 엄지손가락을 제외한 여덟 손가락에 금반지 여덟 개를 착용하고 작은 가방에 지폐를 챙겨 밖으로 나갔다.

택시를 한참을 타고 가니,
'명품포차'라고 보이는 간판에서 내려 주었다.
매장은 보기엔 허름했지만, 왠지 청담동에 위치해 있어 고급져 보였다.

'선입견이란 참 중요하군.'

주변 도로에는 고급 외제차들이 시끄러운 소리를 내며 달리고 있었다.
난 길가에 서 '언니 144호'에게 연락했다.

"청담동 명품포차에 도착했어."
"네. 저도 금방 도착해요."

찌르는 듯한 햇살이 따가워 '명품포차' 입구를 그늘 삼아 잠시 기다리자, 흰 원피스를 입은 '언니 144호'가 내게 다가왔다.

뜨거운 햇살이 그녀의 머리칼을 황금빛으로 물들이고,
그녀의 순수한 미소가 그녀의 얼굴 전체를 환하게 빛내고 있었으며,
그녀의 얼굴은 마치 예술 작품처럼 아름답고 조화롭게 이루고 있었다.

키는 작지만 여성스러운 곡선이 돋보이는 실루엣을 가진 그녀는 자연 그대로의 아름다움을 소유한 존재였다.
마치 천사를 영접한 기분이었다.
나의 마음은 순식간에 그녀에게 빠져들었고, 그 짧은 찰나에 난 '그녀와 나의 아이를 낳는 상상'까지 완료했다.

나의 이 첫눈에 반한 표정을 그녀가 알기라도 할까 부끄러워 최대한 표정을 숨겼다.
무엇보다 밖에서 그녀를 보니 확실히 감회가 새로웠다.

"안녕하세요."
그녀가 웃으며 말했다.
"응. 반가워."
"네. 식당으로 가요."

그녀는 어두운 밤에는 술을 따르고 청춘을 파는 독한 매춘부지만,
햇볕 아래에서는 그저 청순한 예쁜 여자아이였다.

그녀와 발을 맞춰 조금 걷자, 그녀가 예술적으로 된 건물 앞에 멈춰 섰다.

"여기예요."

그녀가 손가락으로 건물을 가리켰다.

쳐다보니 이곳은 화장품을 파는 듯한 화장품 가게였다.

'아무리 봐도 이곳은 식당이 아니고.'

건물 위쪽을 바라보니 쓰여 있었다.

"Shermollia"

'세르노리아?인가….'

"응. 여기가 너가 예약한 좋은 식당이야?"

"네, 맛있기로 유명해요. 여기 요리사가 특급 호텔 주방장님이셨대요."

'오호라….'

살면서 요리다운 요리를 먹어 본 적이 없는 나는 정말 특급 호텔 요리
사가 한 요리의 맛이 궁금해졌다.

들어서자 깔끔한 정장 차림을 한 여성 점원이 웃으며 달려왔다.

"어서 오세요. 예약하셨나요?"

"네. 이하연으로 2명 예약했어요."

언니 144호가 대답했다.

'이름이 이하연이군.'

"네. 자리 안내해 드리겠습니다."

점원은 웃으며 앞장서 갔다.

식당 안은 꽤나 넓었으며, 소파 같은 의자로 둘러싸인 큼지막한 원형 테이블이 여럿 비치되어 있었다.

천장에는 화려한 샹들리에가 여러 개 있었다.

점원을 따라가 테이블을 안내받아 앉았다.

"저희 셰르놀리아 처음 방문해 보시나요?"

점원이 한 손을 뒤로한 채 테이블에 놓여 있는 고급스러운 잔에 물을 따라 주며 물었다.

"네."

"아, 저희는 요리사분들께서 원하시는 소스나 입맛에 참고해 최고급 요리를 직접 만들어서 가져다 드리고 있습니다."

참신한 식당이었다.

"와우. 신기하네요. 하하."

"네~. 두 분 다 이거 작성해 주세요."

"네."

점원이 메뉴판과 펜을 꺼내 들어 나와 144호 언니에게 각각 건넸다.

메뉴판을 열자 중앙에 가장 커다랗게 쓰인 숫자들이 가장 먼저 눈에
들어왔다.

"1 person 490,000KRW"

1인당 49만 원이라는 모양이다.
….
….
'무슨 식사 한 끼가…. 게다가 점심에….'

하지만 나는 전혀 개의치 않은 척 점원에게 물었다.
"한 명당 49만 원인가요?"
"네. 맞습니다!"

….

"아. 네."
"하하. 정말 맛있기로 유명해서 와 보고 싶었어요."
언니 144호가 수줍은 듯 웃으며 말했다.
"그래…. 맛있게 먹자."
"감사합니다."

대화를 마치고 다시 메뉴판을 보았다.

"특급 호텔 요리사…."

"유럽에서 인증받은 식당…."

"손님의 오늘은 소중합니다…."

각종 이 세르놀리아라는 식당의 자랑들과 명언의 문구들이 쓰여 있었다.

뒤로 넘기자 체크박스들이 있었다.

제공해 준 펜으로 체크하는 모양이었다.

첫 번째로는 소스 종류를 선택하는 체크박스가 있었다.

크림, 오일, 로제, 토마토 총 4개가 쓰여 있었고 글씨 우측엔 체크박스가 있었다.

많은 글씨를 쳐다보니 마치 시험 문제를 풀 듯 머리가 아파 왔다.

'음….'

나는 토마토 우측에 체크를 쳤다.

'재미있군.'

"알러지가 있는 음식이나 소스를 적어 주세요."

그다음 문제는 이러하였다.

알러지는커녕 없어서 못 먹는 나는 커다랗게 '×' 표시를 썼다.

"선호하는 음식 종류를 선택해 주세요."

그 다음 문제는 이러하였다.

"스테이크, 랍스터, 캐비어, 뇨끼, 감바스…."
"선호하는 빵 스타일을 정해 주세요."
"치아바타, 파니니, 포카치아, 그리씨니…."

….

난 고급스러운 잔에 든 물을 한 모금 꼴깍 들이킨 후,
대충 아무 곳에나 체크를 한 후 메뉴판을 덮었다.
언니 144호는 여전히 열심히 시험 문제를 풀고 있었다.

"여기 정말 좋네."
"그러게요. 정말 와 보고 싶었어요."

한참이 지난 후 언니 144호도 시험을 다 푼 듯 메뉴판을 덮었다.

"여기요."

난 점원을 불러 지옥 같았던 시험 문제집 메뉴판 두 개를 전달한 후 숨을 돌렸다.

그녀는 무안한 듯 잠자코 있었다.

"너는 몇 살이니?"

"저는 25살이에요."

그녀는 생각보다 많이 젊었다.

옷 차림새로는 20대 후반을 예상했는데 말이다.

"밖에서 보니까 저 어때요?"

언니 144호가 웃으며 물었다.

"응. 예쁘네. 느낌이 새로워."

….

….

얼마나 지났을까.

어색한 정적을 한참 보내자 점원이 양손에 빵과 소스를 가져왔다.

"식전 빵, 치아바타 나왔습니다."

"감사합니다."

점원은 치아바타라는 빵을 우리의 좌석 앞에 각각 놓아준 후, 소스를 중앙에 놓으며 말했다.

"식전 빵 치아바타와 치아바타랑 잘 어울리는 특제 엑스트라 버진 올리브 오일 소스입니다.""감사합니다."

잠시 후 다른 점원이 와서 또 한 손을 뒤로한 채 빈 내 물 잔에 물을 따라 주고 갔다.

"먹어 볼까요?"

언니 144호가 말했다.

"응."

자그마한 빵을 반으로 갈라 손으로 소스에 찍어 먹었다.

빵의 떫은 맛과 이름도 긴 올리브오일 소스의 조화는 완벽했다.

사실 그다지 고급 입맛이 아닌 나는 여타 다른 빵과 큰 차이를 느끼진 못했지만 고급진 맛이라는 것은 확신했다.

이런 음식을 자주 먹는 척을 하기 위해 입을 열었다.

"음. 소스 맛이 좋네."

"그러게요~."

"너는 어쩌다가 그런 일을 하게 되었어?"

"학교를 다니다 보니 돈이 부족해서 학비라도 벌어 보려고 하게 되었어요."

언니 144호가 한숨을 쉬며 말했다.

시답잖은 핑계였다.

"힘들었겠구나."

난 그녀에게 공감해 주는 척 이야기했다.

"학교는 다시 다니려고?"

"네. 저는 1년만 일해서 돈 벌고 다시 학교 다니려고 해요."

'풉-.'
하나같이 매춘부들은 이렇게 말한다.

'청춘을 조금만 팔고 싹 끊는다고.'

"그래. 조금만 더 하고 끊어."
"네."
시시콜콜한 이야기를 이어 가는데 점원이 한 손에 피자를 들고 왔다.
"특제 루콜라로마피자입니다."
한가운데에 마치 정글처럼 나뭇잎으로 가득 올려진 피자였다.
한 점 집어 올리자, 나뭇잎이 사르르 떨어졌다.

'끙….'

나뭇잎 몇 개를 집어 피자에 올린 후 입에 넣었다.
나뭇잎의 향과 피자에 올려진 치즈의 조화가 입 안에서 녹았다.

한참 맛을 음미하고 있자 언니 144호가 말했다.
"이 식당 피자 유명해요. 어떠세요?"
"응. 맛있네."
"근데 오빠는 무슨 일 하세요?"
"응. 그냥 여러 가지."
"저 마음에 드세요?"
"나름."

언니 144호는 내가 궁금한 모양인지 계속해서 말을 걸어왔다.
나도 간만에 하는 데이트다운 데이트 같았고 행복했다.

잠시 후 점원이 다음 메뉴를 가져왔다.
"특제 트러플 소스 뇨끼입니다."
커다랗고 화려한 플레이트로 중앙에 뇨끼들이 모여 있었으며, 그 위로
트러플 소스가 올려져 있었다.
우린 포크를 집어 뇨끼의 맛을 보았다.

'응?'
그냥 좀 맛있는 소스가 올려진 떡볶이였다.

'이걸 왜 비싼 돈을 주고 먹는 건지….'

언니 144호는 휴대폰으로 활짝 웃으며 열심히 사진 삼매경이었다.

"맛있네."
점원은 계속해서 코스 음식을 가져다주었다.
"특제 트러플 토마토 파스타와 로제 파스타입니다."
"특제 라비올리입니다."
"한우 새우살 스테이크입니다."

분명 우리가 앉은 테이블은 커다란 테이블이었는데, 음식으로 가득 찼다.

보통의 고급 식당의 음식이라 함은 감칠맛이 돌게끔 한 입씩 베어 먹으라 요리를 내어 주는데, 이곳의 요리는 하나같이 양이 정말 많았다.

"음식이 부족하시거나 소스 필요하시면 말씀해 주세요~."
점원이 마지막 음식을 놓으며 말했다.

음식이 부족할 리 없지만, 마음에 들었던 음식을 요구하면 더 가져다 주는 모양이었다.

"네, 감사합니다."

'셰르놀리아…. 애용해야겠군.'
정말이지 특이한 방식의 식당이었다.

우린 여유롭게 요리를 만끽하는데, 점원이 손에 화려한 잔을 들고 또다시 나타났다.

"루왁커피 두 잔입니다."

'루왁커피….'
분명 세상에서 가장 비싼 커피라고 익히 들은 바 있다.
난 잔을 들어 한 모금 입에 넣어 보았다.
분명 이건 세상에서 가장 쓴맛이었다.

···.

찡그린 표정을 본 점원이 조심스레 물었다.
"우유 가져다드릴까요…?"

···.
"네."

얼마나 즐겼을까,
난 미친듯이 한참을 섭취했다.
음식은 반도 못 먹었는데 이미 배가 부르다고 요동치고 있었다.

언니 144호도 배가 부른 모양인지 손으로 배를 치며 물었다.
"슬슬 나갈까요?"
"그러자."
언니 144호가 가방을 정리하자 점원이 눈치챈 듯 계산서를 가지고 왔다.

"두 분 식사 맛있게 하셨나요?"
"네."
"감사합니다. 98만 원입니다."
언니 144호는 민망한 듯 나를 바라보았다.

···.

"네."

난 가방에서 5만 원 지폐 다발을 꺼내 들어 100만 원을 세어 건네주며 뒤돌며 말했다.

"잔돈은 됐어요."

이때 언니 144호의 표정은 보지 않았지만, 분명 나를 멋있게 바라보고 있었을 것이다.

"잘 먹었습니다."

언니 144호가 따라오며 말했다.

"응."

밖에 나오자 다시 뜨거운 햇살이 나를 찔렀다.

배가 더욱 불러왔다.

"이제 뭐 할까?"

"이야기 좀 할까요?"

"그래. 어디서 하지?"

"어디든 들어갈까요?"

"음….."

'시행착오는 전보다 나은 결과를 낳는다.'

샴푸가 내 돈을 전부 가져간 이후로 절대 내 목숨보다 소중한 돈이 있는 내가 지내는 '위너모텔'로 누구를 데려갈 수 없다.

또 내가 지내는 곳을 들켜 나의 경제력이 들통나고 싶지도 않았다.

"우리 집은 힘들 것 같은데."
"그럼 저희 집에 가요."
하연이가 단호하게 말했다.

….

매춘부는 역시나 적극적이고 쉬웠다.
또 이 여자애는 아무래도 나랑 잘되고 싶은 모양이었다.
"그래."

우린 택시를 타고 언니 144호의 집으로 향했다.
내내 조용하다 언니 144호가 입을 열었다.

"오빠는 정말 무슨 일 하세요?"

드디어 내 미끼를 물었다.
다만 난 언니 144호에게서 받고 싶은 건 돈이 아니었다.
깔끔하고 수려한 외모를 소유한 언니 144호에게는 돈보다는 다른 이
득을 취해야 할 것 같았다.

"응. 나는 그냥 조그마한 인터넷 회사 운영해."
"그렇군요. 멋있어요."

약 오 분이 지나자 택시가 멈춰 섰다.

"여기예요."

택시에서 내리자 작은 골목에 위치한 5층쯤 되어 보이는 붉은색의 꽤나 고급스러워 보이는 빌라 앞이었다.
난 언니 144호를 따라 그녀의 집 안에 들어갔다.

들어서자, 등록금을 벌러 매춘부를 하는 사람치고는 혼자 거주하는 집이 쓸데없이 넓었고, 가구도 고급져 보였으며 방도 무려 3개나 있었다.

난 샘나는 마음을 숨기고 말했다.
"집이 좀 좁네."
괜히 싫증이 나기도 했고 말이다.

"하하. 혼자 살 만해요."
"응."

'나도 이런 곳에서 살고 싶다.'
나는 거실에 위치한 작은 소파에 언니 144호와 나란히 앉아 이야기를 나눴다.

한참 이야기를 해 보니 언니 144호는 이미 매춘에 찌들 대로 찌들어 있었고, 2년 가까이 매춘부 생활을 해 온 모양이다.

또 이 집은 매월마다 방세를 내는 방식이었다.

게다가 방세는 무려 이백만 원이었다.

일반인들은 정말이지 꿈도 못 꿀 방세 금액이었다.

내게 현재 필요한 건 단지 나의 기쁨을 함께할 대상이었다.

언니 144호는 정말이지 행운이다.

신에게 감사를 빌어야 할 것이다.

내게 현재 필요한 게 돈이 아니라는 사실에.

난 한참을 혼자 고민하다 입을 열었다.

"우리 한번 만나 볼까?"

….

언니 144호의 눈이 휘둥그레졌다.

내게 가진 거라곤 오직 내가 지내는 '위너모텔'에 있는 약 8억 원의 돈 다발이 든 가방과 육중한 나의 이 몸 두 개뿐이었다.

그에 반해 언니 144호는 잘은 모르지만 가진 게 분명 여럿 있다.

비록 매춘부지만 뚜렷한 직업, 넓은 이 집, 그리고 수려한 외모와 예쁜 몸매.

하지만 내 장점은 분명 무시할 수 없을 것이다.

무엇보다 내가 가진 것이 없다는 사실을 언니 144호는 아직 모르기 때문이다.

현재 언니 144호는 분명 내게 좋은 직업과 많은 재산이 있을 것이라고
여길 것이다.

난 그러한 풍미를 내기 위해 끊임없이 노력해 왔기 때문이다.

그다지 큰 기대 없이 물어보긴 했지만, 그래도 고백은 고백인지라 심
장이 묘하게 쿵쿵거리고 떨렸다.

잠시 기다리자 언니 144호가 마침내 입을 열었다.

"그래요."

….

그녀는 이유 모를 나의 고백에 수락을 해 주었다.

비록 돈으로 받아낸 거짓된 사랑이지만, 사랑은 사랑이지 않은가.

나의 현재 기쁜 이 심정을 공유할 사람이 생겼다는 사실이 뛸 듯이 기
뻤다.

그 어떤 종교를 믿지는 않지만 신에게 감사한 마음이었다.

"앞으로 잘 부탁해."

"네! 저도요."

언니 144호가 웃으며 대답했다.

"근데…, 너… 진짜 이름이 뭐야…?"

….

"푸하하."

언니 144호가 크게 웃었다.

덩달아 나도 크게 웃었다.

생각해 보니 우린 아직 통성명을 하지 않았다.

"제 이름은 이하연이에요."

식당에서 예약한 그 이름이 본명인 모양이었다.

술집 접대부들은 가게에서 주로 본명을 사용하지 않는다.

본인이 매춘부라는 사실이 주변에 들통나면 안 되기 때문이다.

따라서 그들의 가명을 굳이 외울 필요도 없거니와, 지금까지 수많은 접대부들을 보았기 때문에 외울 수도 없어 매번 이렇게 번호를 매겨 불러왔다.

"그렇구나. 예쁜 이름이네."

"감사해요. 오빠는 이름이 뭐예요?"

"응. 내 이름은 이준영이야."

"오빠도 이름 예쁘네요."

이하연은 이제 나와 함께 오만 심정을 공유할 예쁜 여자친구의 이름이었다.

한참을 여자친구가 된 이하연과 이야기하는데, 슬슬 따분해 왔다.

"슬슬 일어나야겠다."

나는 여자친구가 된 이하연에게 입을 맞추며 다음에 보자고 인사한 뒤 밖으로 나와 택시를 타고 '위너모텔'로 향했다.

여러 번 접대부와 만나 본 결과, 접대부에게 마음과 사랑을 주면 나는 추후에 반드시 상처받았었다.
그래서 내 마음 안에 접대부들을 향한 마음의 벽을 세웠고, 이 친구에게도 거리를 두어야 했다.

술집 접대부라 함은 남들이 활동하는 아침 시간엔 숙면을 취하고, 해가 떨어지는 야밤에 잠에서 깨어나 화장 및 준비를 마친 후, 술집에 출근해 다수의 남성들에게 술을 따라 주며 청춘과 웃음을 팔며 남자에게 꼬리치는 직업이기 때문이다.

무엇보다 접대부들은 본인에게는 애인이 없음을 손님들에게 강조한다.
그렇게 손님들의 마음을 산 이후에 돈과 마음을 뜯는 마치 모기 같은 직업이다.

솔직히 생각해 보면 이 직업도 나랑 다를 바가 없다.
금액의 단위만 다를 뿐, 명백한 '사기꾼'이다.
아니, 어쩌면 나보다 더욱 나쁘다.

나는 단지 돈이라는 미끼를 걸어 낚싯대를 던져 돈을 낚는 단지 어부와 같은 일이지만, 매춘부는 마음이라는 미끼로 돈을 낚시하는 직업이기 때문이다.

마치 이 세상은 서로 낚고 낚이는 어부의 세계인 것 같다.

내가 묵고 있는 위너모텔로 돌아온 나는 다시금 돈가방을 열어 보았다.
많은 돈다발들은 아직 나를 기다리고 있었다.
혼자 피식 웃으며 생각했다.

'이 가방은 볼 때마다 나를 흐뭇하게 해 주는 행복 주머니군.'

오늘 크게 한 건 없지만 왠지 모를 피곤함이 몰려와 침대에 몸을 던져
누워 TV를 켰다.

"달리는 경주마의 순위를 맞추어 누구나 쉽게 돈을 벌어 가세요!"

'음…. 달리는 말의 순위를 맞추어 돈을 벌어 가라는데….'
'말의 순위를 맞춘다라….'
'쉬운 거 아닌가…. 어디서 하는 거지?'

"매일 15시, 서울경마장에서 이뤄집니다!"

···.

고개를 올려 보았다.

벽에 걸린 시계는 오후 7시 30분을 가리키고 있었다.

'내일 가 보아야겠군.'

돈을 벌 새로운 방법을 찾아낸 것 같아 기분이 좋았다.

* * *

"띠링-."

티비를 보는데 탁자에 놓여진 휴대폰이 울렸다.

난 졸린 눈을 비비며 힘겹게 일어나 휴대폰을 가지러 갔다.

살을 찌운 이후부터 왠지 일어나기 힘든 느낌이다.

"잘 들어가셨어요?"

하연이였다.

"응."

"또 언제 만날까요?"

하연이는 나랑 자주 만나고 싶은 듯하다.

"내일은 안 되고 내일모레쯤 만나."

"네."

"저 그럼 오늘 일하러 갈게요."

….

"…응."

"네. 내일모레 뵈어요."

오늘부터 만나기로 한 여자친구 하연이는 달빛이 드리우면 내가 아닌, 다른 남자들의 술잔과 마음을 채워 주러 간다.

내심 나만 바라봐 줬으면 했지만, 하연이는 '매춘부'이다.

경마라는 짜릿한 새로운 놀거리를 찾아 한껏 들떴던 기분이 순식간에 사그라졌다.

햇살이 창가를 통해 들어와 내 눈을 찔렀다.

아파 오는 눈을 비비며 잠에서 깨 보니 시계는 오후 2시를 가리키고 있었다.

'늦었군….'

난 허겁지겁 일어나 세수를 하고 샤워를 했다.

머리를 기른 이후로 샤워를 하는 데 이전보다 더 많은 시간이 소요된다.

'여자들은 참 어떻게 사는 건지….'

최대한 빨리 몸을 씻은 후 대충 옷을 입고 가방에서 현금 다발을 한 움큼 꺼내 작은 가방에 넣고 밖으로 나와 택시를 탔다.

"서울경마장으로 가 주세요."

새로운 재미를 찾을 수 있을 것 같아 부푼 마음으로 출발했다.

약 30여 분을 달리자 택시 기사는 커다란 광장 앞에 세워 주었다.

"이만 팔천 원입니다."

가방에서 오만 원 지폐 한 장을 꺼내 택시기사에게 건네며 거스름돈은 됐다는 손짓을 하고 내렸다.

택시에서 내리자, 길가에는 수많은 인파와 길거리 노점상들이 있었다.

위에는 커다란 간판으로 '서울경마장'이라고 쓰여 있었다….

길거리 노점상들은 물과 음료, 각종 간식 등등을 판매하고 있었다.

그중 팜플렛을 여러 권 깔아 놓고 의자에 앉아 부채질을 하던 아저씨가 눈에 띄었다.

팜플렛 제목은 『분석 정보』였다.

'나 참…. 말 달리는 걸 분석까지 하나…?'

"분석 정보가 뭡니까?"

어이가 없던 나는 아저씨에게 물었다.

"제가 경마만 십 년 차예요. 오늘 경기에서 달릴 말들의 분석과 누가 이길지 예측한 거예요."

팜플렛 아저씨는 자신만만하게 말했다.

"…네. 얼마입니까?"

"오만 원입니다."

…….

'비싸군…….'

아직 경마에 대해 잘 모를뿐더러 정보 수집을 위해 한 권쯤은 필요할 것 같다고 생각했다.

"하나 주세요."

난 가방에서 오만 원 지폐 한 장을 꺼내 아저씨에게 건네주었다.

"감사합니다."

아저씨는 기쁜 표정으로 팸플렛 하나를 꺼내 나에게 주었다.
궁금한 나머지 일어선 채로 책을 펼쳐 보았다.
내용은 이러하였다.

출연 말 정보
1. 골드미네르, 2. 사파이어하트, 3. 우르타뇨, 4. 메가블레이드, 5. 메니탄탄, 6. 오닉스라이언"

아무래도 말의 이름인 것 같았다.
다음 페이지로 넘겼다.

"태핏 혈통인 4번 말 메가블레이드가 우승할 확률이 높음."

….

뭐라는 거지….

"아저씨, 죄송한데 이게 무슨 말이죠?"

아저씨가 옆으로 다가와 내가 펼친 팜플렛의 페이지를 보았다.

"오늘 오후 3시 30분 경기는 메가블레이드가 무조건 우승합니다."

….

'길에서 책이나 파는 아저씨가 뭘 알겠냐….'

"태핏 혈통이 뭐죠?"

일단 정보 수집을 위해 더 물어보았다.

"태핏 혈통도 모르세요? 초보시네. 그냥 경마하지 마셔요."

….

"제가 경마를 잘 몰라서요."

아저씨는 고개를 절레절레 흔들며 저리 가라는 손짓을 했다.

어이가 없던 나는 가방에서 오만 원 지폐 한 장을 더 꺼내어 아저씨에게 건네주었다.

"태핏 혈통이라고 말의 혈통 종류인데 발 빠르고 다리 근육이 많게 만들어진 유전자예요."

아무래도 경마는 말의 유전자가 중요한 모양이다.

날 잠자코 보던 아저씨는 한마디 덧붙였다.

"돈 따고 싶으시면 그냥 메가블레이드 우승으로만 사시면 되어요."

….

"감사합니다. 그런데, 아저씨는 왜 안 하시는 거죠?"

너무 궁금한 나머지 아저씨에게 물었다.

"에휴…. 저는 경마 끊었어요. 분석만 합니다."

….

"아, 네 알겠습니다."

이후 아저씨와 대화를 오래도록 나눠 보니 경마란 이런 거였다.

건물 내부 마권 창구에서 마권을 구입해 우승할 말을 맞추어 마권을 가져다주면, 그 합당한 배당금을 지급해 주는 방식이었다.

다만 맞추지 못할 경우 구매한 마권은 쓰레기가 된다.

'경마'라는 것은 달리는 말만 잘 분석해도 돈을 그냥 쉽게 버는 구조였다.

난 아저씨와 대충 눈 인사를 마친 후 커다란 건물인 경마장 내부로 들어갔다.

내부에는 사람들이 옹기종기 모여 경기를 기다리고 있었다.

우측에는 '마권 발급'이라 쓰여 있는 유리로 막혀진 카운터가 커다랗게 있었고, 사람들이 줄을 서 있었다.

난 곧바로 마권 발급 창구 앞에 줄에 섰다.

주변에선 다들 팜플렛과 종이를 보며 열심히 분석하고 있었다.

잠시 기다리자 앞 줄이 다 빠져, 커다란 유리에 자그마한 구멍 앞으로 갔다.

"어떤 경기 사세요?"

얼굴은 가려진 채 유리에 패인 구멍 너머로 여성의 목소리만 들렸다.

"오후 3시 30분 경기요."

"네. 어떤 말로 해 드려요?"

….

실험 삼아 아저씨의 말을 믿어 보기로 했다.

"메가블레이드요."

"네, 얼마 사시나요?"

'음.'

"오십만 원 부탁합니다."

실험 삼아 해 보기로 했다.

가방에서 오만 원 지폐 열 장을 꺼내 자그마한 구멍 안으로 건네주었다.

알 수 없는 떨림이 몰려왔다.

잠시 기다리자 카운터에서 마권을 건네주었다.

"오후 세 시 삼십 분, 메가블레이드 4번 말 우승, 오십만 원"

마권에는 이렇게 쓰여 있었다.

'음…. 맞군.'

주변을 둘러보니 분명 아까까지 삼삼오오 모여 있던 사람들이 다 사라져 있었다.
벽에 걸린 시계를 보니 세 시 삼십 분을 가리키고 있었다.

'시작하겠군.'

난 재빠르게 서둘러 경기장 안으로 향했다.

경기장은 운동장처럼 둥글게 되어 있었고, 관객석에서 경주를 아래로 내려다보는 구조였다.

경기장 아래에선 말들 여섯 마리가 나란히 서 있었고,
경마 기수가 말 위에 타 있었다.
아무래도 출발 직전인 것 같았다.

'안 늦어서 다행이군.'

"탕-!"

잠시 기다리자 총소리가 울리며 말에 올라탄 모든 경마 기수는 말의 엉덩이를 채찍으로 때리며 여섯 마리의 말들이 동시에 출발하고, 나란히 달렸다.

"다그닥- 다그닥-."

여섯 마리의 말들은 하나같이 모두 재빠르게 달렸다.

모두가 달리자 점점 격차가 벌어졌다.

4번 말과 6번 말이 선두로 달리고 있었고 나머지 말들은 뒤쳐졌다.

아무래도 운동장을 한 바퀴 가장 빠르게 도는 말이 우승하는 구조인 것 같다.

결승점에 다다르자 사람들이 환호했다.

'제발….'

내 두 눈은 커다랗게 경기장 내부를 바라보고 있었고, 짜릿했다.

심장도 쿵쿵쿵 빠르게, 그리고 강하게 뛰었다.

거의 한 바퀴를 돌아갈 때쯤 모두 일어섰다.

나도 덩달아 자리에서 일어나 4번 말을 응원했다.

여태껏 살아온 순간 중 가장 집중하였다.

'내게 이런 집중력이 있었다니…. 이 집중력으로 공부를 했어야 할 텐데….'

메가블레이드가 6번 말과 격차를 벌리자 모두가 다시 환호했다.
모두가 나와 함께 메가블레이드를 응원하는 모양이었다.

'제발….'

몇 초 후 4번 말 메가블레이드가 가장 빠르게 결승선을 밟았다.
"와아-!!!"
사람들의 환호성이 한 번 더 나왔다.

살면서 처음 느껴 보는 기분이었다.
말로 형용할 수 없을 만큼 기쁘고 느껴 본 적 없는 짜릿함이 나를 감싸
들었다.
여기저기서 환호성, 그리고 한숨 소리가 들렸다.

"아이고…."

내 옆에 앉은 아주머니는 아무래도 구매한 마권이 쓰레기가 된 모양이다.

"피식-."
내심 웃겼다.

'이렇게 쉬운 걸 어떻게 틀리지.'

정말이지 이 아주머니는 멍청하기 짝이 없어 보였다.

너무나도 기뻤다.

내게 메가블레이드가 우승할 걸 예측해 준 팜플렛 아저씨에게도 고마웠다.

경마장 안은 마치 감정의 향연이 벌어지는 무대가 되었다.

난 곧바로 카운터로 이동해 마권 종이를 건넸다.

카운터에서는 아까 산 마권을 받아 가고, 삼백만 원을 현금으로 건네주었다.

….

믿기지 않았다.

정말 돈이었다.

티비에서 나온 말은 진실이었다.

정말 돈 벌기 쉬웠다.

어쩜 이렇게 쉽고 빠르게 돈을 벌 수 있는 콘텐츠가 있으며, 이 좋은 걸 왜 이제야 알았는지 나도 인생을 헛살았던 모양이다.

건네받은 삼백만 원을 가방에 넣고 건물 밖으로 나가 난 또 다시 팜플렛 아저씨에게 방긋 미소를 띄며 다가갔다.

"따셨죠?"

팜플렛 아저씨가 물었다.

팜플렛 아저씨는 분명 밖에 있었을 터인데, 마치 결과를 알고 있는 듯한 모양이다.

"네! 감사합니다. 메가블레이드가 우승했어요."
"네. 얼마나 따셨어요?"
"삼백만 원이요."

….

"네?"

….

"아니, 처음 해 보신다면서, 왜 그렇게 많이 하셨어요?"
팜플렛 아저씨는 눈을 휘둥그레 뜨고 물었다.
다른 사람들은 얼핏 들어 보니 십만 원 내외로 돈을 거는 모양이다.

하기야 일반인들에게 내가 건 돈 오십만 원은 굉장히 큰돈이며, 과거의 나도 이 돈을 벌려면 엄청난 노력을 해야 했던 시절이 있었다.

하지만 지금의 나는 다르다.

"아, 네. 저 돈이 좀 있어서 시험 삼아 했습니다."

아저씨는 신기하다는 듯이 나를 쳐다보았다.
"아니, 그래도 처음인데 제 말만 믿고 그렇게 많이 거셨다구요?"
"네."

….

아저씨는 마치 새로운 동물을 찾은 듯 날 바라보았다.
"그나저나 다음 경기는 어떤 말이 좋을까요?"
"오후 네 시 경기도 메가블레이드로 사 보세요."
"알겠습니다! 믿고 사 볼게요."

메가블레이드라는 말을 듣자마자 알 수 없는 짜릿함이 느껴졌다.
메가블레이드라는 말을 가까이서 본 적도, 만져 본 적도 없지만, 분명
이건 확실했다.

'나는 메가블레이드에게 사랑에 빠졌다.'

무언가 메가블레이드는 든든하게 우승하여 나의 기대를 저버리지 않
을 것만 같았다.

"다만 첫 경기도 뛰어서 힘들지도 모르니 조금만 사 보세요."
아저씨가 한마디 덧붙였다.

"알겠습니다."

말도 경기를 뛰고 나면 지치는 모양이다.

"그래도 괜찮아요. 태핏 혈통은 일반적인 경주마들과 다릅니다. 고양이와 호랑이 정도의 차이라고 보시면 됩니다."
"와. 그렇게나 차이가 나요?"

아저씨는 계속해서 심오하게, 그리고 진지하게 말의 혈통과 구조를 내게 연설해 주었다.
난 굳이 혈통까지는 크게 관심이 없던 터라, 한 귀로 흘리며 들었다.

이야기를 들어 보니 팜플렛 아저씨는 정말이지 갖가지 말의 이름들과 현재 컨디션, 그리고 각 혈통의 장단점을 달달 외우고 있었다.
결론적으로 확실한 건 '태핏 혈통'은 단점이 없는 말인 것 같았다.

한 가지 의문이 들었다.
'그렇게 분석을 잘하는 이 팜플렛 아저씨는 도대체 왜 마권을 구매하지 않는 걸까…'
머릿속에서 의문이 맴돌았다.
물어볼지 말지 한참을 고민하다, 말을 꺼냈다.

"아저씨는 그렇게 잘 아시는데, 왜 직접 돈을 걸지는 않으시나요?"
….

정적이 흘렀다.

"묻지도 마세요. 저도 아파트 한 채 왔다 갔다 할 만한 돈도 걸어 봤고, 지옥까지 가서 저승사자랑 하이파이브하고 온 사람이에요."

….

'뭐라고 하는 거지?'

"하하…. 과거엔 많이 하셨나 봐요?"

"도박이라는 놈이 그렇습니다. 아무리 많이 맞추고 벌어도 잃더라구요."

….

"그렇군요."

도박의 무서움을 익히 들어 본 바 없는 나는 그다지 공감하지 못했다.

얼추 언론이나 티비 같은 매체에서 도박을 통해 돈을 다 잃고 자포자기한 사람들의 이야기를 종종 본 것이 전부이다.

….

한참의 정적 후에 나는 휴대폰을 꺼내 시간을 보았다.

오후 3시 50분이었다.

"오후 네 시 경기 메가블레이드 우승으로 가 보겠습니다."

"네. 적당히 재미로만 하세요."

"네."

아저씨는 진심 어린 눈빛으로 날 걱정하고 있었다.

아저씨의 심정이 이해가 되지 않았다.

난 다시 경마장 안으로 들어가 '마권 발급' 카운터에 줄을 섰다.
경마장 내부는 여전히 사람이 많고 시끄러웠다.
잠시 기다린 후 유리창 아래에 자그마한 구멍에서 나를 불렀다.

"어떤 경기 사세요?"
이번엔 남성의 목소리였다.
"오후 네 시 경기요."

"네. 어떤 말로 사세요?"
"메가블레이드 우승요."
고민의 여지가 없었다.
지금 내 뇌 속은 절반 이상이 '메가블레이드'로 차 있었다.

"네. 얼마나 사세요?"

….

고민이 되었다.
아무리 그래도 내 사랑 메가블레이드가 날 배신할 것 같지는 않았다.

한참을 고민한 후 대답했다.
"이백만 원 부탁합니다."

가방에서 오만 원 돈다발을 한 움큼 꺼내어 셈한 후 5만 원권 지폐 마흔 장을 건넨 후, 남은 지폐는 다시 가방에 넣었다.

잠시 기다리자 남성은 작은 구멍으로 마권을 주었다.

"오후 네 시 경기, 4번 말 메가블레이드 우승, 이백만 원"

난 마권을 확인한 후 경마장 내부로 향했다.

아까와 같은 운동장에서 진행하는 모양이다.

적당히 양옆에 인적이 없는 한적한 자리를 찾아 착석했다.

주변엔 사람들이 삼삼오오 모여 어떤 말이 이길지 토론하고 있었다.

모든 집중력을 청력에 사용해, 주변 사람들이 하는 말을 들어 보았다.

아무래도 많은 사람들이 '메가블레이드' 우승에 돈을 건 모양이다.

마치 같은 편이라도 생긴 듯 내심 기분이 좋았다.

경마장은 경쟁적인 분위기와 흥분으로 가득 차 있었다.

잠시 기다리자 말들이 나란히 섰고 경마 기수들이 말에 올라타 경기 준비를 하였다.

보아하니 대략 여덟 마리의 말들이 출전했다.

"탕-!"

시작을 알리는 총소리와 동시에 기수들은 발로 말을 차며 출발했고, 모든 말들이 바삐 달리기 시작했다.

극도로 긴장되는 순간, 말들의 말발굽 소리와 내 심장 박동 소리는 리듬을 맞추어 뛰고 있었다.

난 내가 사랑하는, 그리고 응원하는 4번 말인 메가블레이드를 포커스해 지켜보았다.

운동장 절반 돌 때쯤, 5번 말을 선두로 4번 말이 따라가고 있었으며, 나머지는 뒤처져 있었다.

혹시나 메가블레이드가 지진 않을까 두려웠다.

주위를 둘러보니 모든 관중들도 집중하고 있었고 모두의 기대와 긴장으로 경기장을 가득 채웠다.

마지막 직선이 시작되었다.

밤의 시간이 천천히 흘러가는 느낌이었다.

과도하게 집중한 나머지 내 모든 청력이 차단되었다.

분명 귀는 열려 있는데 그 어떠한 소리도 들리지 않았다.

경기는 여전히 4번 말과 5번 말이 선두로 달리고 있었다.

결승점을 바로 앞두고 시간이 멈췄다.

잠시 후 정신을 차려 경기를 다시 바라보는데, 4번 말 '메가블레이드'는 마치 천둥처럼 울려 퍼지는 발걸음 소리와 함께 발진하여 5번 말을 제치고 결승점을 가장 먼저 밟았다.

"와-!"

마치 폭죽이 터져 나가듯, 모든 관객이 환호했다.

아무래도 관중들 모두가 4번 말 '메가블레이드'에 돈을 건 모양이다.

나 역시 가만히 있을 수 없었다.

자리에서 벌떡 일어나 관중들과 덩달아 환호했다.

말에 대해 아무것도 모르는 나였지만,

승리의 꿈이 현실이 되었으며, 내 뇌는 과도한 도파민 분출과 함께 세상을 정복한 듯한 짜릿함으로 가득해졌다.

다시 한번 마권을 확인해 보았다.

"오후 네 시 경기, 4번 말 메가블레이드 우승, 이백만 원"

'맞군….'

안도의 한숨을 내 쉰 후, 마권을 챙겨 여유로운 발걸음으로 '마권 발급' 카운터로 갔다.

이길 말을 적중하지 못한 사람들, 즉 적중하지 못하여 돈을 잃은 사람들은 카운터 옆 휴지통에 마권을 버리고 있었다.

그들의 표정은 말 그대로 썩어 있었다.

정말이지 경마는 '모 아니면 도'였다.

마권이라는 이 종이는 적중하면 훌륭한 금액으로 받지만, 적중하지 못하면 쓰레기가 된다.

이번엔 '마권 발급' 카운터의 줄이 굉장히 길었다.
'메가블레이드'에 돈을 건 사람이 많았던 모양이다.

한참을 기다리자, 카운터에서 나를 불렀다.
나는 홀가분한 마음으로 다가가 마권을 건넸다.
마권을 보더니 카운터에서 말했다.

"축하드려요."

카운터 점원의 얼굴은 보이지 않았지만, 분명 부러움으로 가득 찬 표정을 짓고 있었을 것이다.
"감사합니다."
"당첨금 천백만 원입니다."
"네."

부스럭대는 소리와 함께 점원이 지폐를 꺼내 계수기에 지폐를 올려 돈을 센 후 천백만 원 돈다발을 나에게 건네주었다.

실감이 나지 않았다.
너무나도 쉽게, 그리고 빠르게 돈을 벌어 버렸다.
분명 그 어떤 노력도 하지 않았는데 말이다.

"감사합니다."
가볍게 인사를 한 후 돈다발을 챙겨 가방에 넣고 바깥으로 나왔다.

바깥에 나와 난 적당한 곳에 자리를 잡아 잠시 앉아 팜플렛을 보았다. 다음 경기는 오후 다섯 시 경기였다.

휴대폰을 꺼내 들어 시간을 보니, 오후 네 시 십 분을 가리키고 있었다.

'음….'

꽤나 시간이 남아 할 것이 없었다.

천장을 뚫고 솟아나갈 것만 같은 긴장감과 기대감으로 지배되었던 뇌가 이제야 안정을 찾고 까맣게 잊고 있었던 배고픔과 졸음이 몰려왔다.

'오늘 얼마 벌었지…?'

구름 낀 하늘을 바라보며 계산을 했다.

'첫 경기는 오십만 원으로 삼백만 원이 되었으니 이백오십만 원을 벌었고, 두 번째 경기는 이백만 원으로 천백만 원이 되었으니 구백만 원을 벌었네.'

계산해 보니 오늘 벌어들인 총 수익은 '천백오십만 원'이었다.

'천백오십만 원'의 돈이라 함은 성실한 직장인의 약 다섯 달 월급이며, 약 이천 명이 동시에 칼국수를 한 번 먹을 수 있는 돈이었다.

하루 만에, 아니 약 두 시간 만에 '메가블레이드'라는 처음 들어 본 말 덕분에 번 돈이었다.

옆에서 쓰레기통을 청소하시는 아주머니가 보였다.

힘들게 쓰레기들을 정리하고 분리수거를 하고 계셨다.

'왜 저렇게 살지?'

도무지 이해가 안 간다.

'일은 일대로 힘들고, 돈도 돈대로 많이 못 받는 그런 최악의 직업을 왜 굳이 사서 하는지….'

시간이 남아, 배를 좀 채워 볼까 하고 자리에서 일어나 주변을 돌아다녀 보았다.

주변엔 길거리에 트럭을 세워 두고 음식을 판매하는 포장마차들이 있었다.

나는 여러 트럭을 돌아다니며 적당한 곳을 골라 샌드위치를 포장해 다시 한적한 자리에 착석해 섭취했다.

천백오십만 원이라는 거금을 두 시간 만에 손에 넣은 사람이 혼자 길에 앉아 샌드위치를 먹는 나의 상황이 웃겨 혼자 헛웃음을 지었다.

휴대폰을 꺼내 열어 보니 여자친구 '이하연'에게 연락이 와 있었다.

"저 이제 잠에서 깼어요."

오후 네 시나 되서야 잠에서 깨는 걸 보아하니 아무래도 여자친구 '이하연'은 어제도 술집에 나가 다른 남자들의 즐거움을 책임졌던 모양이다.

"그래. 잘 잤어?"

태연스러운 척 대답했다.

"네. 오늘 밤에 시간 되세요?"
"왜?"
"제가 식사 한번 사 드리려고요."
"그래. 이따 보자."
"네!"

골똘히 생각해 보니 정말 '이하연'은 얼굴도, 몸매도 완벽해 평생 사랑할 수 있는 완벽한 여자인 것 같다.
'매춘부'라는 꼬리표만 없다면 말이다.

씁쓸한 마음을 감추며 자리에서 일어나 팜플렛 아저씨에게 갔다.

팜플렛 아저씨는 말을 분석하고 있는지 책자를 들여다보고 있었다.
내가 다가가자, 아저씨가 입을 열었다.

"또 메가블레이드가 이겼던데요?"
"네. 감사합니다. 구백만 원 벌었습니다."

"와… 타짜시네…."

아저씨는 신기하다는 듯 나를 바라보았다.

타짜라 함은 익히 들은 바 있다.

도박을 통해 잘 벌고, 적당히 벌었을 때 잘 털고 일어나는 도박의 고수를 뜻한다.

"하하…. 지금 제가 경마를 관두면 타짜겠지요."

"하하. 그러네요."

맞는 말이지만, 가능할 리 없다.

이미 내 뇌는 지금 딱 절반으로 갈라 말과 돈으로 가득 차 있었다.

"오후 다섯 시 경기는 어떤 말이 좋을까요?"

"오후 다섯 시 경기는 메가블레이드가 우승하지 못할 겁니다."

'내 강렬한 믿음과 사랑을 받고 있는 말인 '메가블레이드'가 우승을 못한다고?'

"왜죠?"

"경기를 두 개나 뛰어서 체력이 많이 떨어졌을 겁니다."

….

일리 있는 말이었다.

아무리 혈통이 좋고 근육이 많아도 말도 결국 식사를 하고 물을 마시며 잠도 자는 생명체이다.

"그럼 어떤 말이 좋을까요?"
"오닉스라이언이 메가블레이드랑 크게 차이 안 나게 잘 달리는 말인데, 제가 돈을 건다면 오닉스라이언으로 걸 것 같습니다."

분명 '오닉스라이언'은 두 경기 내내 다른 뒤처지는 말들과 달리 메가블레이드와 선두를 달리던 말이었다.

마치 환한 불빛이 비치듯이 갑자기 번뜩이는 아이디어가 내 머리를 스쳐 지나갔다.

'메가블레이드와 오닉스라이언, 이 두 마리가 다른 말들보다 압도적으로 잘 달리면, 마권을 각각 한 장씩 총 두 장 사면 필승이 아닌가?'

어차피 총 달리는 말은 6마리 이상이며, 당첨금은 마권 구매 금액의 약 5배 정도였다.
두 말의 우승으로 각각 마권을 구매하면 당첨금은 절반으로 줄지만, 당첨 확률은 두 배로 늘어난다.

이런 훌륭한 생각을 해내다니….

역시 나는 특별하고, 남들이 하지 못하는 일을 해낼 수 있는 우월한 능력자인 것 같다.

나 자신이 대견하고 자랑스러웠다.

나의 불안정했던 현실이 뒤틀리며, 새로운 가능성의 문이 열렸다.

생각을 마친 나는 재빨리 휴대폰을 꺼내 들어 시간을 보았다.

"오후 네 시 오십 분"

"감사합니다."

아저씨에게 재빠르게 인사한 후 마권 카운터로 다시 향했다.

내 뇌는 이미 도박에게 지배를 당하고 있었고, 누구도 막을 수 없었다.

마권 카운터는 아까의 시끌벅적한 모습은 온데간데없고 한적했다.

다들 돌아간 모양이었다.

난 곧장 마권 카운터로 가 유리에 대고 말했다.

"오후 다섯 시 경기 메가블레이드 우승으로 사백만 원 주세요."

"네."

가방에서 지폐 다발을 꺼내 센 후 사백만 원을 유리의 작은 구멍으로 건네주었다.

잠시 기다리자, 카운터에서 마권을 건네주었다.

"오후 다섯 시 경기, 4번 말 메가블레이드 우승, 사백만 원"

"오닉스라이언 우승으로 사백만 원 하나 더 주세요."
일말의 고민을 할 필요도, 의미도 없었다.

잠시 기다리자, 카운터에서 마권을 또 건네주었다.

"오후 다섯 시 경기, 6번 말 오닉스라이언 우승, 사백만 원"

오후 다섯 시 경기의 우승 적중 당첨금은 이천만 원이었다.
이렇게 오후 다섯 시 경기는 '메가블레이드'가 우승해도, '오닉스라이언'이 우승해도, 마권 구매 금액이 총 팔백만 원인데 이천만 원을 당첨금으로 받으니, 차액 천이백만 원을 버는 것이었다.

지금부터 난 리스크가 있는 '도박'을 하는 것이 아닌, 무조건 돈을 버는 '노동'을 하는 것이라는 확실한 믿음이 생겼다.

나는 마권 두 장을 받아 경기장에 앉아 착석했다.
경기장 역시 인파가 없고 한적했다.

"탕-!"

총소리가 울리며 모든 말이 힘차게 출발했다.
내게 이전 경기 같은 짜릿함과 떨림은 온데간데 사라져 있었고, 평온

하게 경기를 지켜보았다.

반 바퀴를 돌 때쯤, 4번 말과 6번 말, 그리고 5번 말이 선두로 달리고 있었다.

….
'설마….'

잊고 있었다.

분명 우승 말 두 마리 어치 마권을 구매하면, 당첨 확률은 두 배 늘지만 구매한 말 이외에 다른 말이 우승하게 되면 잃는 돈도 두 배 늘어나는 것이다.

말들이 달리는 내내 조마조마함이 내 마음을 강타했으며, 확신했던 내 마음은 짜릿함으로 변했다.

결승점을 앞두고 여전히 4번 말, 5번 말, 6번 말이 선두로 달리고 있었다.

두 손을 모아 기도했다.

'5번 말이 이기지 않기를.'

몇 초 후, 결국 4번 말 '메가블레이드'가 가장 먼저 결승점을 밟았다.

"와-!"

난 절로 일어나 소리 지르며 환호했다.

너무도 기쁘고 짜릿했다.

'역시 메가블레이드….'

비록 오늘 처음 봤지만 사랑에 빠졌다.

난 흐뭇한 미소를 띠며 자리에서 일어나 마권 발급 카운터로 빠른 걸음으로 이동해 메가블레이드 우승 마권을 건네주었다.

"적중 상금 이천만 원입니다."

직원은 지폐를 꺼내 오는 듯 부스럭대더니 지폐계수기에 지폐를 올려 센 후 이천만 원을 작은 구멍으로 건네주었다.

"와…. 고객님 축하드립니다."

카운터 사람도 놀란 모양이다.

"감사합니다."

난 그대로 이천만 원 돈다발을 가방에 넣고 밖으로 나왔다.

오늘 수익만 약 이천오백만 원이다.

처음 해 보는 경마로 엄청난 수익을 거둔 나는 자아도취에 빠졌다.

내 자신감과 열정은 마치 불꽃처럼 빛나며, 하늘을 찌르고 있었다.

'정말 난 특별해.'

오후 여섯 시 경기도 아직 남아 있지만, 충분히 벌었다고 여긴 나는 돌아가기로 마음을 먹었다.

돌아가는 길, 여전히 같은 자리에서 팜플렛을 팔고 있는 팜플렛 아저씨에게 다가가 말했다.

"또 메가블레이드가 이겼어요."
"아이구…. 잘 거셨어요?"
"네. 오늘만 이천오백만 원 벌었어요."
"와…."

아저씨는 놀라움에 금치 못하고, 나에게 마음을 빼앗긴 표정을 지었다.
마치 나를 경이로운 존재로 바라보는 눈빛이었다.

"내일 뵙겠습니다."
난 가볍게 인사를 한 후, 가방에서 오만 원 지폐를 한 움큼 꺼내어 아저씨에게 건네주었다.

아저씨는 마치 구세주라도 만난 듯한 표정을 지으며 돈을 받았다.
"정말 감사합니다."

길가에서 택시를 잡아 내가 지내는 '위너모텔'로 목적지를 전달한 뒤 휴대폰을 꺼내 여자친구 이하연에게 못 한 답장을 했다.

"오늘은 어디서 뵐까요?"

"먹고 싶은 거 있니?"

"네. 고기 먹고 싶어요."

"그래. 고기 먹자."

"네. 몇 시에 어디서 뵐까요?"

"음…. 오후 아홉 시에 내가 너희 집으로 갈게."

"알겠습니다."

이하연은 생각보다 자기주장이 있는 편이라 놀랐다.

'역시 여자는 마음을 열기 전과, 후가 다르구나.'

'위너모텔'로 돌아와 나는 다시 한번 큰 돈 가방을 열어 보았다.

이젠 당연하다는 듯 여전히 돈다발들이 수두룩 있었다.

정말 돈이란 녀석은 볼 때마다 흐뭇하다.

있는 힘껏 강하게 침대에 육중한 내 몸을 눕혀 아까의 경마 생각을 하
며 잠을 청했다.

"따르릉-."
단잠을 자고 있는데 휴대폰으로 전화가 왔다.

수배자가 된 이후부터 나는 전화가 굉장히 두려워졌다.
내가 가진 돈으로 누리고 있는 이 수많은 권리와 자유를 절대 잃을 수
없다.
한마디로, 경찰에게 잡혀 감옥에 수감될 수 없다.
어떤 곳에서 누구에게 왔는지 항상 전화가 두려웠다.

잠에서 확 깨 전화가 온 사람이 누군지 휴대폰을 지켜봤다.
여자친구 '이하연'이었다.
안도의 한숨을 내쉰 후 전화를 받았다.

"응. 왜?"
"아홉 시에 만나기로 했잖아요."

….

아까 약속한 사실을 까맣게 잊고 있었다.

시계를 보니 오후 여덟 시 사십 분을 가리키고 있었다.

"지금 바로 일어나서 갈게."

통화를 마친 후 나는 허겁지겁 준비했다.

대충 양치와 세수를 하고 금반지들과 금 목걸이를 찬 후 택시를 타 이하연의 집으로 향했다.

이하연의 집 앞에서 그녀와 만나 고깃집으로 향했다.

"늦어서 미안해."

"아니에요."

"어디로 갈까?"

"스테이크 레스토랑으로 가요."

"그래."

이하연이 말한 고기는 내가 일반적으로 생각하는 고깃집에서 구워 먹는 고기가 아닌, 스테이크였던 모양이다.

잠시 함께 걸어 레스토랑에 도착해 웨이터가 안내해 주는 자리에 착석했다.

우리는 소리 없이 펼쳐진 메뉴들을 훑어보며 흥미를 느꼈다.

"립 아이 스테이크, 티본 스테이크, 폴더 스테이크…."

갖가지 이름도 모르는 소 부위들을 영어로 표현한 스테이크 메뉴들이
있었다.

"어떤 스테이크로 먹을까요?"
이하연이 입을 열었다.

"너가 먹고 싶은 걸로 골라."
사실 난 스테이크를 거의 먹어 본 적이 없어 이름도 잘 모르는지라 품
격이 떨어질까 이하연에게 선택을 전가했다.

이하연이 심사숙고 후 선택했다.
"립 아이 스테이크로 해요."
"그래."

하연이는 웨이터를 불러 립 아이 스테이크를 주문한 후 서로의 눈길을
보며 이야기를 나누었다.

"평소에 많이 바쁘세요?"
이하연이 물어봤다.
일을 열심히 하는 남자를 연기하는 내 대답은 당연했다.
그리고 실제로 오늘은 바쁘기는 했다.

"응. 일이 많이 바빠."
"힘내세요."

"고마워."

이하연은 내가 거리를 두려는 줄 알았는지 표정이 어두워졌다.

난 급기야 여자친구 이하연을 안심시키기 위해 한마디 더 얹었다.

"그래도 나의 1순위는 너야."

"호호호."

이하연은 진심으로 기뻐하는 듯 손으로 입을 가리며 웃었다.

시시콜콜한 대화를 이어 가는데, 웨이터가 세련된 웃음으로 자리로 다가와 주문한 립 아이 스테이크를 차려 주었다.

주문한 스테이크는 마블링이 아름다웠고, 예쁜 플레이트와 함께 어우러지는 튀김 감자와 고르곤졸라 치즈는 아름다운 조화를 이루고 있었다.

"맛있게 드세요."

나는 먼저 칼을 들어 스테이크를 자르기 시작했다.

고기는 부드럽게 잘라지며 고기의 향기는 내 코끝을 찔렀다.

한 점 잘라 이하연의 앞접시에 놓아 주자, 그녀는 고맙다는 눈인사와 함께 고기를 입에 가져가 살짝 물어보았다.

나도 고기를 한 점 잘라 입에 가까이 가져다 베어 물었다.

입안에서 고기의 깊은 풍미와 함께 양념의 감미로움이 퍼져 나갔다.

우리는 맛에 감탄한 나머지 소리 없는 웃음을 나누었다.

레스토랑에서 나오는 주위 음악 소리는 마치 내게 '행복'이라는 단어가 어떤 의미인지 알려 주듯 우리를 더욱 평안하고 포근하게 만들어 주었다.

"다 먹고 뭐 할까요?"
한참을 음미하는데 이하연이 물었다.

"그러게. 별 계획 없는데."

….
한참 정적이 흘렀다.
원래 요즘 사회에서, '연인 사이'의 정적은 남자 측이 풀어야 한다는 무언의 약속이 있다.
하지만 난 오늘 두 시간 만에 약 이천오백만 원을 번 우월한 존재이기에 굳이 남에게 비위를 맞추기 싫었다.
비록 여자친구여도 말이다.

내가 오늘 번 이 돈만 있으면 그 누구도 날 막을 수 없고, 무엇보다 내 뇌는 쏟아져 나오는 도파민으로 인해 사리 분별이 가능한 상태가 아니었다.

'더욱 큰 희열을 원하고 있었다.'

"그럼 다음에 뵐까요?"
"그러자. 미안해. 오늘은 몸이 좀 안 좋아서."
"네."

그녀도 자존심을 세우는 듯 새침한 표정으로 짐을 챙겨 일어났다.

나도 일어나 가방에서 지폐를 꺼내 대충 계산한 후 함께 밖으로 나갔다.

바깥은 여전히 깜깜했다.

"조심히 들어가."

"네. 다음에 뵈어요."

이하연은 내게 간단히 인사를 남기고 깜깜한 밤의 음울한 분위기와 함께 찝찝함을 남긴 채 뒤돌아 갔다.

아무래도 난 이 소중한 날의 밤을 홀로 찝찝하게 보낼 수 없었다.

휴대폰을 꺼내 들어 봄이 부장에게 연락했다.

"지금 출발."

"네. 얼른 오세요."

봄이 부장은 기다렸다는 듯 빠르게 대답했다.

택시를 타고 봄이 부장이 영업하는 룸살롱으로 향했다.

봄이 부장은 불철주야 룸살롱에 상주해 있는지 내가 구미가 당길 때 아무 때나 가도 반겨 준다.

정말이지 훌륭한 NPC이다.

"오랜만이시네요."

봄이 부장은 방긋 미소를 띠며 반갑게 나를 맞이하였고, 룸살롱 안으로 나를 안내했다.

"오늘은 VIP룸에서 드세요."

봄이 부장이 룸 문을 열자 서늘한 불빛과 화려한 색조의 인테리어가 눈에 띄었다.

바닥에 깔린 화이트 타일은 작은 반짝임을 자아내고 있었고, 천장에는 커다란 고급 샹들리에가 은은하게 테이블과 테이블 위에 놓인 술잔들을 비추고 있었다.

무엇보다 공간 자체가 기존에 내가 마셨던 방들에 비해 몇 배는 더 넓었다.

확실히 VIP만을 위한 공간인 것 같았다.

'지난번에 봄이 부장에게 팁을 많이 줘서 그런 걸까….'

내가 상석에 착석하자 봄이 부장도 잠시 옆에 앉아 물었다.

"술은 뭘로 가져다 드릴까요?"

"아무거나 괜찮아."

"알겠습니다. 여자도 필요하시죠?"

"응."

'당연한 걸 왜 묻지?'

잠시 기다리자 웨이터가 큰 쟁반에 술을 담아 와 테이블 위에 놓아주며 말했다.

"엘리자베스 13세, 1병 올려 드립니다."

….

웨이터가 가져온 '엘리자베스 13세'라는 술은 투명한 유리로 만들어진 술병이었으며 샹들리에의 조명 빛을 받아 더욱 은은하게 반짝이고, 마치 예술 작품 같은 아름다움을 자랑했다.

가격은 모르지만 확실한 건, 비싸 보였다.

"혹시 이게 얼마야?"

봄이 부장에게 물었다.

"사백만 원입니다."

….

'무슨 술 한 병이 사백만 원인가.'

"술이 왜 이렇게 비싸?"

"원래 비싼 술이에요."

원래 룸살롱에선 술을 다소 비싸게 판매하고 있다는 사실은 알고 있었 지만, 이건 좀 심한 것 같다.

휴대폰을 꺼내 들어 인터넷에 검색해 보았다.

"엘리자베스 13세, 코냑, 드높은 품질의 와인을 13년 이상 숙성시켜 원료로 사용하며, 고급 호화품으로 간주됨. 소비자 가격 삼백이십만 원."

….

아무래도 비싼 술이 맞긴 맞나 보다.
하지만 크게 개의치 않았다.
오늘 난 이천오백만 원을 두 시간 만에 번 신적인 존재이기 때문이다.

"알겠어. 먹자."
"네. 따라 드리겠습니다."

봄이 부장은 '엘리자베스 13세' 술병을 따 내게 따라 주고, 자신의 술잔에도 따랐다.

가볍게 봄이 부장과 건배를 한 후 입에 가져가 마셔 보았다.

한 잔에 약 십만 원의 값어치를 가진 이 술은 입안을 쓰게 만드는 악마의 술이었고, 기대했던 풍미와 거리가 멀었다.
촌스럽게 입에 남는 맛은 여타 다른 양주들과 같이 그 어떤 특별한 맛도 없었다.

그나마 믿었던 봄이 부장에게 눈탱이 맞은 것 같아 다소 배신감이 느껴졌다.

"아가씨 얼른 넣어 줘."
애써 기분 나쁜 표정을 숨기며 봄이 부장에게 말했다.

"알겠습니다."
봄이 부장은 대답을 하곤 밖으로 나갔다.

'짜증 나네.'

"똑똑-."
잠시 기다리자 봄이 부장이 매춘부를 약 열 명 정도 데려와 테이블 앞
에 세웠다.
"마음에 드는 언니로 고르세요."

룸살롱은 수없이 왔지만 이런 경우는 또 처음이다.
마치 원하는 맛을 골라먹는 아이스크림 같았다.
이것이 VIP의 힘, 그리고 사백만 원짜리 '엘리자베스 13세'의 힘인가.
정말이지 왕의 힘이 틀림없었다.

가뭄에 콩 나듯 짜증이 사라지고 마음이 싱그러움으로 가득 찼다.
절로 미소가 나오기 시작했다.

'역시 봄이 부장은 날 배신하지 않아.'

흐뭇한 기분을 애써 숨기며 오늘 내 미소를 책임져 줄 매춘부를 고르

기 위해 유심히 살폈다.

'음….'
유심히 지켜보는데, 서 있던 한 명이 방문 밖으로 뛰쳐나갔다.

….
"뭐야?"
봄이 부장에게 물었다.
"모르겠네요."

….

다시 매춘부를 고르러 유심히 지켜보는데, 두 번째로 서 있는 아가씨가 눈에 들어왔다.
아담한 키에 짧은 단발 머리를 한 아가씨였다.

"두 번째 언니로 해 줘."

봄이 부장은 두 번째 언니를 남으라 손짓하고 서 있던 아가씨들을 나가라고 손짓했다.
일할 때의 봄이 부장은 카리스마 넘치는 리더였다.

진열되었던 아가씨들이 다 나가자, 단발 머리 아가씨는 내 옆에 와 앉아 말했다.

"와…. 이런 술 처음 봐요."

"나도 처음 먹어 봐."

내가 대답하자 그녀는 손으로 입을 가리며 새침하게 웃었다.

"저도 먹어 봐도 되어요?"

"응. 같이 먹자."

"네."

그녀는 대답을 마치고 자리에서 일어나 얼음통을 가져와 각자의 술잔에 얼음과 '엘리자베스 13세'를 따랐다.

"짠-."

그녀와 술잔을 맞대고 건배한 뒤, 술잔을 입에 가져가 마셨다.

갑자기 뛰쳐나간 이유 모를 그 매춘부 때문에 생긴 찝찝함이 술의 쓴 맛과 함께 내 목을 타고 들어갔다.

그녀가 누구인지 궁금한 탓인지 이 단발머리 매춘부에게는 관심이 가지 않았다.

'내게 피해를 입었던 아가씨인가?'

'저번에 내 돈을 훔쳐 간 샴푸인가?'

오만 가지 생각이 내 뇌로 빗발쳤다.

한참을 고민하다 봄이 부장에게 말했다.

"아까 뛰쳐나간 아가씨 좀 가서 데려와."

"…알겠습니다."

봄이 부장은 막막한지 큰 한숨을 내쉰 후 밖으로 나갔다.

"똑똑-."

잠시 기다리자 노크 소리가 들렸다.

"들어와."

내가 대답하자 문이 열리고 봄이 부장이 들어왔다.

"왜 혼자 왔어?"

….

봄이 부장이 뜸 들였다.

"왜 혼자 왔냐고."

다시 한번 물었다.

"…사귀는 사이라고 하는데요?"

…?

"설마 이하연이야?"

"네."

….

정적이 흘렀다.

아까 같이 저녁을 먹고 각자 따로 룸살롱으로 향한 모양이다.

혼자 헛웃음이 나왔다.

'어쩌지?'

분명 내게도 잘못이 없진 않지만, 하연이에게 실망감이 컸다.

우선 지금 선택해야 할 방법은 크게 두 가지이다.

이하연과 진솔한 만남을 택하거나, 이하연과 끝냄을 택하거나.

옆에 앉은 단발머리 아가씨를 바라봤다.

그녀도 어쩔 줄 몰라 하며 입 다물고 있었다.

단발머리 아가씨도 예쁘지만 확실히 내 여자친구 '이하연'이 그녀보다 훨씬 아름다웠다.

머릿속에서 기나긴 저울질을 시작했다.

한참을 고민하다 옆에 앉은 단발머리 아가씨에게 말했다.

"미안해. 나가 줘."

단발머리 아가씨는 기분이 나쁜지 대답도 하지 않으며 짐을 챙겨 일어나 밖으로 나갔다.

"어떻게 하시겠어요?"

봄이 부장이 물었다.

"잠시만."
"네."

난 휴대폰을 꺼내 들어 여자친구 이하연에게 연락했다.

"내 방으로 와."

몇 초 후 답장이 왔다.

"네."

난 여자친구인 이하연이 오면 어떻게 말을 꺼내야 하며, 어떤 핑계를 대야 할지 고민의 늪에 빠졌다.

"똑똑."

노크 소리가 들리며 이하연이 들어왔다.
이하연의 마르고 각진 몸매와 뽀얀 피부, 완벽에 가까운 듯한 아름다움은 아까 서 있던 매춘부들과 비교가 안 되었다.
난 다시 한번 이하연에게 반한 듯했다.

"왔어?"
"네."
이하연과 어색한 인사를 나눈 후 이하연은 내 옆에 앉았다.

….

다시 한번 정적이 흘렀다.

봄이 부장도 눈치챈 듯 자리를 피해 주었다.

'어디서부터 말을 꺼내야 할지 모르겠다. 여기서 내가 하연이를 풀어 주지 않으면 영영 사이가 끝날 텐데….'

내 뇌에선 그녀에게 '사과하라.'고 주파수를 계속 보내고 있었다.

'에라 모르겠다.'

"미안해. 하연아."

"괜찮아요."

"정말 미안해."

"정말 괜찮아요."

….

무슨 말을 해야 할지 도무지 모르겠다.

마치 미로를 헤쳐 나가는 기분이다.

"우리 조금 솔직하고 진솔하게 대화할까?"

"그래요."

'이하연과 더욱 친밀해지길 시도해 보고, 안 되면 그냥 끝내야겠다.'

아무리 아름답고 아까운 그녀라지만, 오늘 하루 고생한 나에게 도저히 더 감정 상할 일을 주고 싶지 않았다.

"우리 진지하게 만나 볼까?"
"어떻게요?"
"너가 매춘부를 그만둬."

….

그녀는 머리가 맞은 듯 어지러운 표정을 지었다.

"난 매춘부와 진지하게 만날 수 없어."

그녀는 한참을 고민했다.
하연이도 고민할 만큼 나를 어느 정도는 좋아하긴 하는 모양이었다.

난 한술 더 떠 말했다.
"내가 앞으로 돈은 많이 챙겨 줄게."

그녀는 다시 한참 고민을 하더니 입을 열었다.
"알겠어요. 그만둘게요."

오래도록 쌓아온 성벽이 한꺼번에 무너지듯이 가슴이 훈훈해졌고, 처음 고백에 성공했을 때보다 훨씬 기뻤다.

난 방긋 미소를 지으며 말했다.

"다시 한번 잘 부탁해."

그녀는 여린 입술을 손으로 가리며 웃었다.

"네~. 저도요."

"그래도 이 술은 먹고 나갈까?"

비싼 엘리자베스 13세 술을 버리기에는 아까웠다.

"네. 그래요."

그녀와 난 '엘리자베스 13세'라는 술을 마시며 이전보다 더욱 설레고 달콤한 시간을 보냈다.

'이게 진정 연애구나.'

나도 다시 한번 하연이와의 진솔한 사랑을 다짐했다.

* * *

"이제 슬슬 일어날까?"

술을 다 마셔 갈 즈음 내가 물었다.

"네. 그래요."

그녀가 대답했다.

난 계산을 하려 봄이 부장에게 연락해 내가 있는 룸 안으로 불렀다.

잠시 후 봄이 부장이 계산서를 들고 들어왔다.

"사백만 원"

'크흠….'
막상 내려고 하니 아까웠다.
정말 룸살롱에 오만 정이 떨어지는 기분이었다.

난 가방에서 현금 뭉치를 꺼내 사백만 원을 센 후, 봄이 부장에게 건네
주었다.

"감사합니다."

봄이 부장과 대충 인사를 마친 후 하연이와 손잡고 밖으로 나와 택시
를 타 하연이 집으로 향해 행복한 시간을 이어 갔다.

다음 날, 난 하연이 침대 위에서 깨어났다.
옆에선 하연이가 새근새근 자고 있었다.

어제의 일들이 새록새록 기억나며 사랑의 달콤함은 술이 주는 숙취를 잊게 만들었다.

'내 삶에 지금보다 행복한 적이 있었을까….'

비록 난 지금 수배자 신세지만, 정말이지 내 죄를 없애 준다면 하연이 와 행복하게, 그리고 착하게 죄도 짓지 않고 살 수 있을 것만 같았다.

시계를 바라보니 오후 두 시를 가리키고 있었다.
내 뇌가 나에게 경마장을 갈 시간이라고 울부짖고 있었다.

새근새근 자고 있는 하연이를 바라보니, 아기 천사가 따로 없었다.
더 없이 사랑스러웠다.
달콤하게 자고 있는 하연이의 손목을 가볍게 흔들자 졸린 눈을 비비며 하연이가 일어났다.

"잘 잤어?"

"네….."

"경마장 같이 가지 않겠니?"

"경마장이요?"

"응."

하연이는 금시초문한지 눈이 휘둥그레졌다.

"같이 가자. 밥도 먹을 겸."

"네."

그녀가 흔쾌히 수락했다.

사실 생각해 보니 하연이가 내 제안을 거절한 적이 있었는가…?

내가 그렇게 만드는 건지…. 아님, 원래 남자 말을 잘 듣는지….

아무튼 하연이는 점점 내게 쉬워졌다.

하연이와 나는 대충 준비하고 밖으로 나와 택시를 타고 경마장으로 향했다.

가는 내내 나는 경마 생각에 미쳐 있었다.

하연이는 영문도 모른 채 밖으로 나온 어린 아이의 표정을 지었다.

그 표정마저도 귀엽고 사랑스러웠지만,

지금은 경마가 '우선'이었다.

경마장에 도착하자마자 하연이의 손을 잡고 팜플렛 아저씨에게 향했다.

"안녕하세요."

"오셨네요."

"네."

아저씨는 내가 반가운지 정겹게 맞이해 주었다.

"옆엔 누구예요?"

아저씨가 물었다.

"여자친구입니다."

하연이는 부끄러운지 손으로 입을 가리며 인사했다.

"허허. 참 어여쁜 여성분이랑 만나시네요."

"감사합니다."

잡담이나 하고 있을 시간이 없었다.

"팜플렛 하나 주세요."

난 가방에서 오만 원 지폐 한 장을 꺼내 건네주며 말했다.

팜플렛을 받아 대충 훑어보니 오늘도 내 사랑의 말 '메가블레이드'가 출전하는 모양이다.

"오늘도 메가블레이드로 걸면 되겠죠?"

아저씨에게 물었다.

"오늘은 '미도리블러드'라고 새로 출전하는 말이 있는데요…. 이 말에 대해 정보가 없어서 모릅니다."

새로운 말이 출전하는 모양이다.

"어떤 말이길래 그래요?"

"일본에서 넘어온 경마 기수와 말인데 혈통은 정말 좋은 놈이라고 하더라구요."

"흠…."

"메가블레이드가 이기기는 할 텐데 혹시 모르니 금액을 조절해서 거셔요."

팜플렛 아저씨는 진심으로 날 걱정하는 표정으로 말했다.

머릿속에 어두운 구름이 낀 기분이었다.

새로 왔다는 미지의 생물인 '미도리블러드'가 왠지 모를 불안함을 유발시켰다.

'메가블레이드가 우승을 할 것 같기는 한데…. 얼마나 걸지….'

하연이를 바라보니 하연이는 옆에서 아무것도 모른 채 멍을 때리고 있었다.

이해를 못 하고 있는 하연이에게 경마에 대해 설명해 주었다.

"이따가 말들이 경주하는데, 가장 빨리 결승점에 들어갈 말을 맞추면 돈을 딸 수 있어."

"와…. 얼마나 딸 수 있어?"

"마권을 얼마를 사는지에 따라 달라."

"오빠 파이팅! 많이 따세요."

하연이는 크게 관심 없다는 듯 말을 돌리고 더 묻지 않았다.

내심 하연이도 같이 마권을 사길 바랐는데 말이다.

팜플렛 아저씨에게 대충 인사를 마친 후 하연이와 손잡고 마권 구입 카운터로 가 줄을 섰다.

'얼마나 사지…? 그래도 어제 딴 게 많으니까… 좀 크게 가 볼까….'

잠시 기다리자 카운터에서 나를 불렀다.

난 한치의 고민도 없이 빠르게 말했다.

"메가블레이드 우승 일천만 원 주세요."

하연이는 무슨 영문인지도 모른 채 눈이 휘둥그레 커지며 나를 처다보았다.

하지만 지금은 하연이를 신경 쓸 겨를이 없었다.

난 지금 도박의 묘미에, 도파민에 절어 있으니 말이다.

난 가방에서 현금 다발을 꺼내 일천만 원을 건네주고 마권을 받았다.

확인해 보니 이번 오후 세 시 경기에 메가블레이드가 우승하면 당첨 금액은 무려 사천만 원이었다.

마치 따 놓은 당상 같았다.

내 사랑 메가블레이드가 배신을 할 리가 없다.

불안한 내 심장과 뇌에게 자기최면을 완료한 후,

마권을 들고 하연이와 손잡고 경기장으로 들어와 적당한 곳에 자리를 잡아 나란히 착석했다.

이제 딱히 경기장이 낯설지 않았다.

그저 메가블레이드가 우승하길 바라고 있었다.

하연이는 경기장이 신기한지 이리저리 둘러보고 있었다.

내 심오한 표정을 눈치챘는지 내게 말을 걸지는 않았다.

보아하니 빨간색 안장을 찬 '5번 말'이 '미도리블러드'인 모양이고, 내가 마권을 구입한 '메가블레이드'는 '4번 말'이었다.

"탕-!"

잠시 후 총소리와 함께 경기가 시작되었다.

모든 경마 기수가 말을 채찍질하며 모든 말들이 빠르게 달리기 시작했다.

….

내 눈을 의심했다.

'5번 말 미도리블러드'가 폭풍처럼 바람을 가르며 달리듯 모든 말을 추월해 앞장섰다.

지금 경기 상황이 믿기지 않았다.

아니, 믿고 싶지 않았다.

몇 초나 지났을까….

다른 말들은 절반도 채 달리지 못했는데 5번 말이 혼자 결승점을 밟고 경기가 종료되었다.

내가 그렇게 믿은 말 '메가블레이드'가 졌다는 사실….

그리고 내 '일천만 원'이 공중 분해가 되었다는 사실….
모든 것이 믿기지 않았다.

세상이 나를 가지고 장난치는 것 같았다.

손에 쥔 마권을 바라보았다.
무려 일천만 원을 주고 산 이 마권 종이가.
이제 그냥 쓰레기가 되었다.

헛웃음과 한숨이 나왔다.
"하…."

하연이도 이 상황을 눈치챈 듯 안타까움과 사그라들지 않는 찡그린 표
정으로 날 바라보며 끝내 내 손을 잡아 주었다.
난 하연이의 노력에 감동받았다.

"고마워. 그런데 난 괜찮아."
"힘내요."

난 마치 힘겨운 등산을 마쳤을 때의 씁쓸한 마음을 안고 하연이와 밖
으로 나와 팜플렛 아저씨에게 향했다.

팜플렛 아저씨도 내 표정을 보고는 돈을 잃었다는 사실을 눈치챘는지
안쓰러운 표정을 지었다.

"휴…. '미도리블러드'가 우승했어요."

"아이고…. 얼마나 잃으셨어요?"

"그냥…. 좀 많이 잃었어요."

"하…."

한숨이 계속해서 절로 나왔다.

이것이 패배자의 맛인가….

처음 맛본 패배의 쓴맛이지만, 정말 너무도 크게, 그리고 아프게 맛보았다.

무엇보다 내가 졌다는 사실을 인정하기 싫었다.

'어제 많이 땄으니 괜찮잖아.'

애써 나 자신을 위로하고 팜플렛 아저씨에게 물었다.

"다음 경기는 어떤 말로 살까요?"

"글쎄요…. 미도리블러드가 많이 빠르던가요?"

"네…. 압도적이었습니다."

"흠."

팜플렛 아저씨도 잘 모르겠는지 말을 잇지 못했다.

난 한참을 고민한 끝에 결론을 내렸다.

도저히 오늘 이 더러운 패배의 맛을 머금고 집에 돌아갈 수 없었다.

'일단 어제 생각해 낸 필승법을 사용해야겠다.'
'미도리블러드'와 '메가블레이드' 우승 마권 두 장을 모두 사야겠다.

휴대폰을 열어 보니 오후 세 시 십오 분을 가리키고 있었다.
난 곧바로 마권 카운터로 뛰어가 줄을 섰다.
잠시 기다리자 마권 카운터에서 나를 불렀다.

"메가블레이드 우승 이천만 원 주세요."
가방에서 현금 뭉치를 꺼내 이천만 원을 건네주었다.
"네."
마권 카운터 사람은 묵묵히 마권을 발급해 주었다.
마권을 확인해 보니 '메가블레이드' 우승 상금은 팔천만 원이었다.

"미도리블러드 우승도 이천만 원 주세요."
돈을 주려 가방을 열어 보니 이제 가방에 남은 돈은 거의 없었다.

"잠시만요."

'음.'
이마저 잃으면 무려 오늘 오천만 원을 잃는 셈이다.
하지만 다른 방도가 없었다.

가방을 거꾸로 돌려 현금을 털어내 카운터 점원에게 이천만 원을 건
네주었다.

남은 돈은 고작 오만 원 지폐 열 장 남짓이었다.

카운터 점원은 이번에도 묵묵히 마권을 발급해 주었다.

발급된 마권을 확인해 보니 '미도리블러드' 우승 상금은 육천만 원이었다.

'미도리블러드'의 우승 상금이 떨어진 것을 보아하니, 지난 경기를 보고 다들 '미도리블러드' 우승 마권으로 구입한 모양이다.

난 하연이와 손잡고 다시 경기장에 들어가 적당한 곳에 착석했다.

빨간색 안장을 찬 '5번 말'이 '미도리블러드'이고, '메가블레이드'는 '4번 말'이었다.

두 말 중 하나라도 우승하면,

지난 경기에서 잃은 천만 원도 복구되고, 오히려 수익이 난다.

내 뇌는 지금 마치 악마가 지배하고 있는 듯 이번 경기 이외에 그 어떤 것도 생각나지 않았고, 주변에서 수군수군거리는 소리는 일체 음소거되었다.

"제발…"

"탕-!"

총소리와 함께 경기가 시작되었다.

빨간색 안장을 찬 '미도리블러드'가 또다시 다른 말을 모두 제치고 결승점을 압도적으로 빠르게 밟았다.

'휴….'
안도의 한숨을 쉬었다.

머릿속에서 계산을 하였다.
'아까 날린 돈이 일천만 원이고, 지금 사천만 원을 걸었고, 우승 상금은 육천만 원이니 오늘 수익은 일천만 원이군.'

난 바로 마권 카운터로 달려가 우승 마권을 건네주고 우승 상금 육천만 원을 받았다.

돈뭉치를 보자 나에 대한 자존감과 자신감이 다시 찾아온 듯했고, 내 뇌는 비바람이 지나가고 맑은 하늘이 펼쳐진 것처럼 가벼워졌다.

"역시. 돈 벌기는 참 쉽군."

혼자 흐뭇한 미소를 짓고 있는데, 내내 묵묵하던 하연이가 말을 걸었다.

"오빠. 돈 따신 거예요?"
"응. 일천만 원 정도."
"아까 잃으신 것 아니에요?"
"응. 그거 복구하고 더 땄어."
"와~. 축하해요!"

하연이는 내 행복을 진심으로 기뻐했다.

내 기쁨을 나눌 존재가 있다는 사실은, 정말이지 둘도 없는 행복과 감동이었다.

"기쁨은 나누면 배가 된다."는 말이 무슨 의미인지 알 것만 같다.

오늘은 마치 거센 파도에 휩쓸렸다 온 것처럼 힘들었으니, 멘탈을 정비할 시간이 필요했다.

"이제 돌아가자."

하연이를 바라보며 말했다.

"네!"

하연이는 기다렸다는 듯 활기차게 대답했다.

나와 하연이는 경마장 밖으로 나가 팜플렛 아저씨에게 인사한 후 하연이 집으로 향했다.

하연이 집에 도착하자마자 하연이의 눈치는 보지도 않은 채 하연이 침대에 몸을 던져 누웠다.

내 눈은 무의식적으로 감겨졌으며, 내 몸은 휴식을 찾기를 간절하게 소망하고 있었다.

"오빠."

"…."

"오빠. 일어나요."

"응…."

단잠을 자고 있는 나를 하연이가 계속 깨웠다

"너무 졸린데…."

내 정신은 마치 회전문에 갇힌 듯 깨어나지 않았다.

"제가 저녁밥 준비했어요."

'음.'

요리의 향기가 내 코 속으로 풍겨 왔다.

하연이가 내가 자는 동안 요리를 해 놓은 모양이다.

육중해진 몸 덕분인지 모든 신경이 반응했다.

눈을 뜨자 하연이가 웃으며 기다리고 있었다.

"우리 아무것도 안 먹었잖아요. 배고프죠? 제가 요리했어요."
하연이가 말했다.

아까 전부터 하연이에게 신경도 못 써 주고 말도 없이 잠든 나, 그리고 그런 나를 위해 하연이가 요리를 해 놓았다는 사실에 고마움과 미안함이라는 두 감정이 미묘하게 겹쳐 올랐다.

"정말 고마워…."
난 속삭이는 미소를 지으며 감사 인사를 했다.

나와 하연이는 일어나 주방으로 향해 식탁 앞에 앉았다.
하연이가 차린 갖가지 집밥 요리들이 눈에 들어왔다.
누가 보아도 정성을 쏟은 듯한 여러 첩의 음식들이 기다리고 있었다.

"고마워. 잘 먹을게."
"얼른 먹어요."

집밥이 도대체 얼마만인가.
내 남은 여생에 집밥을 먹을 날이 올 줄은 꿈에도 몰랐다.
난 허겁지겁 하연이의 '정성'을 먹기 시작했다.

게걸스럽게 먹어 치우는 나와는 다르게,
하연이는 천천히, 그리고 화려하게 식사했다.

식사를 마친 후 난 하연이에게 고마움을 표현하고 다시 침대에 누웠다.
배가 불러서인지 내 몸과 뇌는 휴식을 또다시 갈망했다.

'앞으로 경마를 어떻게 해야 하지?'
난 침대에 누워 고민했다.

'미지에 돈을 거는 것.'
그것은 정말 두렵고도 흥미로운 것 같다.

'당분간 좀 쉴까.'
과도하게 분출됐던 내 뇌의 도파민 때문인지 또 졸려 와 그대로 난 잠
에 빠졌다.

서늘한 바람이 창문을 통해 스며들어 난 깊은 잠에서 깼다.

눈을 뜨자 옆에서 새근새근 자고 있는 나의 여자친구 하연이의 잠든 예쁜 모습이 눈에 들어왔다.

난 하연이의 볼을 어루만지며 생각했다.

사랑이란 뭘까.

나같이 쫓기는 신세의 나쁜 범죄자가 해도 되는 것인가.

이런 행복을 누려도 되는 것인가.

이 순간이 계속되길 바랐다.

가슴에 짠한 감정이 밀려왔다.

현실을 바꿀 순 없는 노릇이니 말이다.

난 하연이 집에서 지내며 하연이와 꿈같은, 그리고 행복한 나날들을 보냈다.

게으르게 잠에서 늦게 일어나 매일같이 고급 레스토랑에서 저녁 식사를 하고, 백화점에 가 하연이에게 많은 선물도 사 주었다.

나도 그렇지만 하연이도 나와 있는 것이 행복한 모양이다.

분명 우리 '커플'은 소소하고 확실한 행복을 누리고 있고, 난 정말이지 '인생 최대의 행복'을 만끽하고 있는 상태였다.

'딱 하나만 빼면 말이다.'

난 하연이와 함께 지내며 대화를 해도, 식사를 해도, 그 무엇을 해도 공허했다.
그렇다.
내 뇌는 계속해서 도파민을 갈구했다.

돈을 걸고 싶었다.
돈을 따고 싶었다.
돈을 땄을 때의 그 짜릿한 감정을 다시 느끼고 싶었다.
오직 경마장으로 내 뇌가 지배되었다.

결국 난 참지 못하고 하연이에게 오늘은 일이 있어 집에 다녀온다고 거짓말을 한 후,
내가 지내던 '위너모텔'에 가, 여러 개의 돈다발을 챙겨 다시 경마장으로 향했다.

오늘은 그동안 못다 한 도파민 수급과, 수익을 내야 했다.
경마장에 도착해 팜플렛 아저씨가 있던 자리로 향했다.

팜플렛 아저씨는 여전히 같은 자리에서 팜플렛을 판매하고 있었다.
오늘따라 그가 우스워 보였다.

'저 팜플렛을 하루 종일 팔아서 얼마나 벌까.'

"안녕하세요."
팜플렛 아저씨에게 인사를 했다.
"네, 안녕하세요. 오늘은 얼마나 하시려구요?"
팜플렛 아저씨도 광기에 찬 내 눈빛을 읽었는지 물었다.

"허허. 적당히요. 오늘은 어떤 말이 좋을까요?"
난 대충 대답한 후 오만 원 지폐 한 장을 꺼내 아저씨에게 건네주며 물었다.
아저씨는 자연스럽게 지폐를 받으며 팜플렛을 하나 주었다.

"오늘은 저번에 나왔던 미도리블러드는 없어요."
저번에 압도적으로 빨리 달리던 그 말이었다.
"그렇군요."
"대신 오늘은 부산에서 온 말들이 몇몇 있는 모양입니다."
"그 말들은 어때요?"
"아무리 그래도 메가블레이드가 이기지 않을까요?"

'음…. 첫 경기는 적게 해야겠군.'

난 마권 판매 카운터로 가 메가블레이드 마권을 일천만 원 어치 구입한 후 경기장으로 향했다.

당첨금은 이천만 원이었다.

당첨금이 적은 것을 보아하니 메가블레이드 우승 마권을 많이들 산 모양이다.

난 경기장에 들어가 적당한 곳에 자리를 잡아 착석했다.

경기장은 오늘도 여타 다를 바 없이 시끌벅적했다.

귀를 열어 주변 사람들의 이야기를 들어보았다.

"메가블레이드가 부산 말들은 이기겠지~."

"출전 말들 부산에서 뛰어왔나? 어떻게 왔지?"

"부산 말들 잘 뛰어~."

다들 부산 말들에 초점이 집중된 모양이다.

"탕-!"

잠시 기다리자 경기의 시작을 알리는 총소리와 함께 말들이 달렸다.

'이거야!'

이 느낌이었다.

최근 부족했던 감정이.

돈을 걸고 보는 경기의 묘미.

승리에 대한 열망과 경기장의 분위기, 예측 불가능한 결과.

마치 물 만난 고기 마냥 심장이 빠르게 뛰며 다시 한번 짜릿함을 맛보았다.

난 한계 없는 집중력으로 말들의 달림을 지켜보았고,

끝내 메가블레이드가 결승점을 가장 먼저 밟았다.

"와-!"

경기장에는 환호성과 박수가 가득 찼고, 그에 덩달아 나도 환호했다.

'그깟 말이 좀 빨리 뛰었다고 다들 뭐가 그렇게 좋은지.'

이 상황이 너무 웃겨 혼자 피식 웃었다.

난 마권 카운터로 달려가 마권을 건네주고 당첨금 이천만 원을 받았다.

너무 쉬웠다.

시계를 보니 다음 경기까지 이십 분 정도 남아 있었다.

난 다시 팜플렛 아저씨에게 향했다.

"이기셨군요?"

다가오는 나의 표정을 읽었는지 팜플렛 아저씨가 물었다.

"네."

포커페이스 유지를 그렇게 잘하는 나도, 돈을 벌어 행복한 표정은 숨길 수 없었던 모양이다.

아니, 팜플렛 아저씨가 사실 심리학자인 걸까.

"네. 땄어요."
"허허. 축하합니다."

"담뱃값 하세요."
난 가방에서 오만 원 지폐 네 장을 꺼내 팜플렛 아저씨에게 주었다.
"아이고. 감사합니다!"
아저씨는 눈이 휘둥그레지며 마치 산삼이라도 찾은 듯한 표정으로 날 바라보며 감사 인사를 했다.

"다음 경기도 메가블레이드로 가시면 될 것 같습니다."
팜플렛 아저씨가 말했다.
"네."
팜플렛 아저씨와 가볍게 인사를 한 후 난 마권 카운터로 향했다.

'얼마나 사지…?'
내 뇌는 더욱 큰 자극과 떨림을 원했다.
더 큰 돈을 걸고, 더 큰 돈을 따고 싶었다.

다짐을 완료한 후 카운터 직원에게 말했다.
"오후 세 시 반 메가블레이드 우승 일억 원어치 주세요."
"네? 일억이요?"
직원도 놀랐는지 물었다.

"네."

난 대답을 한 후 가방에서 오만 원 지폐를 백 장 뭉친 오백만 원 다발을 이십 개, 일억 원을 건네주었다.

직원은 돈을 계수기에 넣어 세 본 후, 일억짜리 마권을 건네주었다.

확인해 보니 당첨금은 이억 원이었다.

"꼴깍-."

이억….

마권에 쓰여 있던 당첨금은 정말이지 어마어마하게 큰 금액이었다.

물론 내가 마권을 구매한 금액도 크지만 말이다.

'제발….'

난 눈을 부릅뜬 채 경마장으로 들어와 앞쪽에 착석했다.

심장이 미친듯이 뛰고 있었다.

신을 믿지는 않지만 두 손 모아 절실히 기도했다.

뇌에선 이번 경기 이외에는 아무 생각도 하지 않았다.

마치 애원하고 갈망하던 여성과의 잠자리 직전보다도 더욱 흥분된 상태였다

배고픔도, 졸음도, 더움도, 목마름도 모두 마취되었다.

심호흡을 하고 마음을 가다듬으며 기다리는데, 총소리와 함께 경주가

시작되었다.

메가블레이드는 그윽한 바람을 타고 앞을 향해 나아갔다.

내 가슴은 긴장과 설렘이 교차되며 경기를 지켜보고 있었다.

마지막 커브를 돌고, 메가블레이드는 마주한 결승선을 향해 질주를 했고, 관중석에서는 환호성과 함성이 울려 퍼졌다.

마침내 난 메가블레이드가 선두로 결승선을 밟는 순간을 확실하게 목격했다.

경기장은 다시 한번 환호로 가득 찼다.

난 실감이 안 나는 것인지, 너무나도 기쁜 것인지.

아, 실감이 안 난다고 하는 표현이 더 맞겠다.

아무튼 난 환호하지 않았다.

'이게 진짜야?'

마권을 돈으로 바꾸러 마권 카운터로 가야 하는데, 다리에 힘이 풀려 일어날 수 없었다.

잠시 마음을 가다듬고 당첨된 마권 종이를 옷 사이에 꽁꽁 숨기고 일어나, 마권 카운터로 향해 마권을 건네주었다.

카운터 직원은 마권을 살펴보더니 누군가에게 전화를 걸었다.

"잠시만 기다려 주세요."

….

아무래도 문제가 있는 모양이다.
"왜 그러시죠? 당첨금 얼른 주세요."
난 초조해진 채 말했다.
"네. 잠시만 기다려 주세요."
"네…."
초조한 마음으로 카운터에 기대어 잠시 기다리자 양복을 입은 남자 두
명이 멀리서 다가왔다.

'경찰인가?'
내 뇌에선 서둘러 도망칠 궁리를 했다.

주머니에 숨겨둔 호신용 접이식 손목칼을 꺼내 안 보이게 손에 쥐었다.
여차하면 꺼내어 협박하고 도망칠 계획을 했다.
돈이고 뭐고 잡히면 물거품이니 말이다.

"안녕하세요. 서울경마장 직원입니다."
정장 남자 한 명이 다가와 말했다.

"휴."
안도의 한숨을 쉬고 칼을 다시 주머니에 집어넣었다.

"네. 무슨 일이시죠?"

"진심으로 축하드립니다. 돈은 사무실에서 제공해 드릴 테니 같이 가시겠습니까?"

아무래도 큰 금액이라 카운터에서는 주지 않는 모양이다.

"네."

난 선뜻 대답하고 다시 주머니에서 칼을 꺼내 안 보이게 손에 쥔 후, 정장 남자들을 따라 건물 엘리베이터를 타고 올라가 사무실로 향했다.

안내받은 자리에 착석해 잠시 기다리자 정장 남자가 커다란 가방을 가져왔다.

"당첨금 이억입니다."

가방을 받자마자 열어 보니, 깔끔하게 정돈된 돈다발들이 눈에 들어왔다.

"네. 세어 보겠습니다."

가방에서 돈다발을 꺼내어 세어 보려 하자, 정장 남자가 계수기를 가져와 주었다.

얼마나 세었을까….

지폐 계수기에 돈을 넣어 한참을 세어 보았다.

한 개의 돈다발당 오만 원 지폐 백 장. 오백만 원.

그리고 돈다발 사십 개.

이억 원.

확실하게 맞았다.

"감사합니다."

돈다발들을 가방에 넣고 가볍게 인사를 한 후 나는 밖으로 나왔다.

밖으로 나오자, 긴장과 함께 다리에 힘이 풀렸다.

이제야 실감이 났다.

'오늘 일억 원을 벌었다는 현실을.'

나 자신이 너무 자랑스럽고, 멋있었다.

"아아⋯. 태어나길 정말 잘했다."

하늘을 바라보며 허공에 대고 속삭였다.

잠시 마음을 가다듬고 심호흡한 후 앉은 자리에서 일어나 가방을 챙겨 팜플렛 아저씨에게 다시 향했다.

"어떻게 되셨어요?"

아저씨가 물었다.

"그냥⋯. 좀 많이 벌었어요."

"축하해요."

아저씨는 영혼 없는 어투로 축하를 표현해 주었다.

'돈 좀 챙겨 줘야겠다.'

난 가방에서 오만 원 지폐를 한 움큼.

약 일백만 원을 쥐어 아저씨에게 건네주었다.

아저씨는 고개를 숙이고 두 손을 가지런히 모아 돈을 받으며 말했다.

"진심으로 축하드립니다. 감사합니다."

팜플렛 아저씨와 대충 인사를 마친 후 나는 하연이 집으로 돌아왔다.
"오빠. 벌써 왔어요?"
"응. 금방 끝났어."
"고생했어요. 우리 좀 쉬고 나가서 밥 먹어요."
"그러자."
"무슨 일 없었죠?"
"응."

난 분명 생사를 왔다 갔다 하다가 왔지만, 하연이는 아무것도 모른 채
소파에 누워 텔레비전을 보고 있었던 모양이다.
약 두 시간 전의 나와, 현재의 나는 아주 크나큰 차이가 있는데 말이다.
하연이는 날 수상하다는 듯한 눈빛으로 쳐다봤다.

"하연아. 나 일억 벌고 왔어."
결국 난 사실대로 말했다.
"네?!"
하연이는 눈이 휘둥그레진 채로 소리쳤다.
"일억 벌고 왔다구."
"아니, 정말이요?"
하연이가 이렇게 놀라는 모습은 처음 보았는데, 그마저도 귀여웠다.

"응."

"와. 축하드려요."

하연이는 믿기지 않는 눈치로 얼굴을 살짝 찡그리며 말했다.

난 가방 지퍼를 열어 하연이에게 돈뭉치들을 보여 주었다.

"…. 헉."

급기야 믿고 진심으로 놀란 모양이다.

난 가방에서 돈뭉치 오백만 원을 꺼내어 하연이에게 건네주며 말했다.

"이건 너 써."

"고마워요. 오빠."

생각보다는 커다란 리액션이 나오지 않았다.

그녀는 마치, 처음 용돈을 받아 보는 것이 아닌 듯한 느낌이었다.

"오늘 쇼핑하러 가자."

"네!"

하연이와 나는 대충 준비를 마친 후 밖으로 나와 택시를 타고 유명하디유명한 '갤러리아 백화점'으로 향했다.

택시를 타고 가며 창밖을 보니, 길가에 퍼져 있는 가을 잎사귀들이 춤추듯 바람을 타고 흩날리며, 햇살은 부드럽게 가을 공기를 따라 피부를 감싸 주고 있었다.

내가 지금까지 살아온 나날 중, 오늘의 해가 가장 밝고 기분이 좋았다.

오늘의 햇볕은 마치 내 인생에서 고생이 끝났다고 알려 주는 듯, 기분 좋게 내리쬐었다.

택시가 서행하며 백화점 정지선 앞에 멈추자, 나는 가방에서 오만 원 지폐를 두 장 꺼내어 택시 기사에게 건네주었다.

"거스름돈은 괜찮아요."

"감사합니다. 감사합니다. 정말 감사합니다. 몸 조심하시고 좋은 하루 되세요."

'그깟 돈이 뭐라고. 저렇게까지.'

나와 하연이는 택시에서 내려 백화점 건물 앞에 멈춰 서서, 그 높은 건물을 바라보며 호화로운 느낌을 받았다.

건물은 현대적이면서도 고급스러운 외벽으로, 층마다 유리창으로 둘러싸인 건물은 마치 태양 빛을 머금고 있는 듯 반사돼 화려한 빛을 뿌리고 있었다.

입구에는 화려하고 커다란 분수가 설치되어 있었다.

분수에서는 물줄기가 솟아나며 이 공간 자체에 운치를 더해 주고 있었다.

각종 언론이나 미디어를 통해 '갤러리아 백화점'이 대한민국 최고 백화점이라는 사실은 익히 들은 바 있었지만, 이곳을 실물로 본 것은 처음이었다.

도무지 갈 일이 없었으니 말이다.

나와 하연이는 호화로운 회전 유리문을 통해 백화점 안으로 발걸음을 옮겼다.

백화점 내부는 명품 브랜드들이 고급스럽게 나열되어 있었고, 바닥은 은은하게 광택이 났으며, 향기로운 향수 냄새가 퍼지고 있었다.

우린 닥치는 대로 명품 매장에 들어가 쇼핑을 했다.
하연이는 명품에 다소 지식이 있는 듯, 매번 브랜드 이름을 말하며 가자고 했다.

오랜 쇼핑을 마치고 나와 하연이는 양손에 수많은 쇼핑백을 든 상태로 백화점을 나서며 나는 다짐했다.

'정말…. 백화점…. 다신 오지 말아야지.'

약 두 시간 동안 갖가지 옷부터 액세서리, 시계 등을 구입했다.
대충 머릿속으로 계산해 보니 약 이천만 원을 소비했다.
온몸이 땀범벅에, 지치고 졸린 상태인 나와는 달리 하연이는 여전히 얼굴에 화색이 돌았다.
하기야 하연이에게 팔백만 원짜리 명품 가방과 이백만 원짜리 명품 구두를 사 주었으니 당연할 노릇이었다.

"이제 밥 먹으러 갈까?"
"좋아요!"

그녀가 기다렸다는 듯 대답했다.

우린 택시를 타고 지난번 방문했던 초 고급 식당 '셰르놀리아'로 향해 한 끼에 도합 백십만 원 어치 식사를 즐겼다.
그리고 웨이터에게 팁으로 오만 원 지폐 세 장을 주었다.

전혀 부담이 되지 않았다.
아니, 오히려 내게 당연한 값어치의 식사였다.

오늘 난 일억 원을 번 남자니까.

돈이란 마치 마법과도 같았다.
난 이 마법을 통해 없던 자존감을 채웠고 이렇게 어여쁜 여자친구도 만들었다.

'같이 기뻐해 줄 사람이 옆에 존재한다는 건 정말 최고의 인생이구나.'
나 자신이 기특하고 대견했다.

하연이와 난 그후부터 행복한 나날을 보냈다.
식사는 각 인원마다 메뉴판을 건네주는 고급 식당만을 방문했고, 밤에는 고급 바를 찾아 비싼 술을 매일같이 마셨다.
정말이지 일억 원이라는 돈은 써도, 써도 끝이 없었다.

* * *

"하연아. 우리 커플 통장 만들까?"

난 하연이와 카페에 앉아 여유롭게 커피를 즐기다가 입을 열었다.

"네?"

"우리 커플 통장 만들어서 사용하자."

"알겠어요."

하연이는 흔쾌히 수락했다.

"그런데… 어떻게 만들어요?"

"응? 그냥 너 이름으로 만들어 주면 돼."

"아, 네. 알겠어요."

"은행 가서 통장 만들고, 카드 발급받으면 돼."

"알겠어요!"

하연이는 대답을 하고 밖으로 나갔다.

요즘 난 현금으로 돈을 보관해 관리가 힘들어 통장이 필요했다.

하연이 명의로 통장을 만들어 돈을 사용하면 경찰에 걸릴 일도 없고, 무엇보다 하연이는 이제 믿을 만했다.

커피를 마시며 기다리자, 하연이가 다시 카페에 들어와 앉아 가방에서 통장과 카드를 꺼내며 말했다.

"만들어 왔어요."

"응. 고마워."

"비밀번호는 1111이에요."

"응."

하연이는 비밀번호를 선뜻 말해 주며 내게 카드와 통장을 건네주었다.

"고마워."

그 후, 나는 하연이의 통장에 약 이천만 원을 넣어 놓고 사용했다.
또한 주변 사람들에게 돈을 받을 일이 있거나 습관적인 낚시에 성공하면 돈을 하연이 통장으로 받았고 생활비는 하연이 카드로 결제하며 달콤한 나날을 보냈다.

새로운 아침, 나는 햇살이 부드럽게 방을 채우고 서늘한 바람이 들어오는 것을 느꼈다.

눈을 뜨자 옆에 자리한 여자친구, 하연이가 이미 깨어 있었다.

그녀는 미소 가득 찬 얼굴로 나를 바라보고 있었다.

"잘 잤어요?"

그녀가 말했다.

"좋은 아침."

하연이가 당연해진 걸까?

오늘따라 하연이가 신선하지 않았다.

분명 우린 달콤한 나날을 보내고 있었지만, 반대로 너무나도 예측 가능해진 일상이었다.

"오늘은 볼일이 있어서. 다녀올게."

난 애써 내색하지 않고 말했다.

"네."

하연이가 뾰로통한 표정으로 대답했다.

난 그녀를 개의치 않고 돈가방을 챙겨 나와 간단히 인사를 한 후 밖으로 나왔다.

홀로 된 몸으로 밖으로 나오니 감회가 새롭고, 몸이 더욱 가벼워진 느낌이었다.
어지간히 매일 함께 움직였으니 말이다.

난 택시를 잡아 '위너모텔'로 향했고 밀린 숙박 비용을 결제한 후 방에 들어와 침대에 몸을 던져 누웠다.

'혼자가 참 좋군. 당분간 하연이 집에는 가지 말아야겠다.'
'그나저나 오늘은 뭐 하지?'
난 휴대폰을 꺼내 들어 오랜만에 연락들을 보았다.

"너 진짜 잡히면 죽는다."
"내 돈 제발 돌려주세요."

"크흠⋯."
여전히 날 찾으려고 눈에 불을 킨 사람들이 많은 모양이다.

'그깟 얼마 하지도 않는 돈 가지고.'

연락들을 내려보는데, 반가운 이름이 있었다.

"어떻게 지내세요?"

자존심이 센 언니 143호로부터의 연락이었다.
보아하니 종종 연락을 보냈던 모양이다.
혼자 피식 웃으며 답장했다.

"요즘 잘 지내. 너는?"
"전 일만 하면서 지내요⋯. 너무 힘들어요."
"그래? 한번 가게로 놀러 갈게."
"진짜요? 오늘 놀러 오세요!"
"오늘? 음⋯."
"오늘 놀러 오세요. 제가 재미있게 해 드릴게요."
"음⋯."

어차피 요즘 하연이가 좀 질리던 찰나였다.
다른 여성들과 이야기를 나누고 즐기고 싶었다.

한참을 고민하고 고심 끝에 대답했다.

"응. 아홉 시쯤 갈게."
"네!"

언니 143호와 연락을 끝내고 난 봄이 부장에게 전화했다.
"오늘 가게로 놀러 갈게."

"오랜만이시네요!"

"응. 오늘 가도 되지?"

"그럼요. 저 이미 가게입니다."

"그렇구나. 아홉 시쯤 갈게."

"네. 기다릴게요!"

'거참….'

봄이 부장은 이미 가게에서 영업하고 있는 모양이다.

난 전화를 마치고 눈을 붙여 잠을 청했다.

"따르릉- 따르릉-."
머리맡에 둔 휴대폰에서 전화벨이 울렸다.

나는 눈을 비비며 휴대폰을 찾았다.
어두운 방에서 휴대폰 화면이 푸른빛을 내며 번쩍이고 있었다.

"여보세요?"
"오빠. 왜 안 오세요?"
익숙한 목소리로 언니 143호가 말했다.
"응? 아홉 시에 가기로 했지 않아?"
"지금 벌써 열한 시예요!"

'벌써 그렇게 되었나….'

요즘 들어 잠이 부쩍 늘어난 느낌이다.
아무래도 요즘 일체의 범죄도 하지 않고, 마음 편하게 지내니까 말이다.

"지금 갈게. 가게에 있니?"

"네!"

통화를 마치고 난 작은 가방에 돈다발들을 챙긴 후 모자를 푹 눌러쓰고 바깥으로 나가 택시를 잡았다.

택시에서 난 졸린 눈을 비비며 휴대폰을 꺼내 봄이 부장에게 연락하였다.

"지금 출발."

"네!"

봄이 부장은 기다렸다는 듯 답장해 왔다.

가게에 도착해 봄이 부장의 에스코트를 받으며 저번에 갔던 VIP방으로 들어갔다.

"오늘은 어떻게 노실 건가요?"

봄이 부장이 물었다.

"오늘은 진득하게 놀아 볼까 해. 언니 143호 불러 주고, 하연이에게는 비밀로 해 줘."

"알겠습니다."

난 가방에서 오만 원 지폐 약 스무 장을 꺼내어 봄이 부장에게 주며 말했다.

"용돈 해."

"감사합니다!"

봄이 부장은 흐뭇한 미소를 지으며 인사하고 밖으로 나갔다.

혼자 남아 정적이 흐르는 룸 안.

다소 오랜만에 놀러 온 룸살롱인지라 새롭게 설레었다.

"똑똑-."

잠시 기다리자 방문에서 노크가 울리고 '언니 143호'가 들어왔다.

"안녕? 오랜만이네."

"안녕하세요!"

언니 143호는 흐뭇한 미소를 지으며 내 옆에 와 앉았다.

"오빠. 그동안 왜 제 연락 다 무시하셨어요?"

"응? 일이 바빠서. 미안해."

"이제 그러시면 안 돼요."

언니 143호가 뾰로통한 표정으로 말했다.

"그래."

언니 143호도 어지간히 날 좋아하는 모양이다.

언니 143호와 시시한 일상 이야기를 나누는데 노크 소리와 함께 웨이터가 들어왔다.

웨이터는 커다란 쟁반에 낯이 익은 술을 가져와 테이블에 올려 주며 말했다.

"엘리자베스 13세입니다."

저번에 VIP룸에서 먹은 그 비싼 술이었다.

난 가방에서 오만 원 지폐 네 장을 웨이터에게 건네며 말했다.

"이거 용돈 해라."

"형님 정말 감사합니다!"

웨이터는 허리를 숙이고 고개를 떨구며 감사를 표현한 후 밖으로 나갔다.

언니 143호는 자리에서 일어나 웨이터가 놓고 간 술을 오픈하고 내게 술을 따라 주었다.

"고마워."

"네! 건배해요."

나와 언니143호는 시시콜콜한 대화를 이어갔다.

워낙 우월한 외모를 가진 하연이와 매일같이 있었던 탓인지, 지루했다.

언니 143호는 하연이와 비교하면 정말이지 '오징어' 그 자체였다.

그렇다.

난 지금 돈을 내고 '오징어'와 술을 마시고 있다.

나 자신이 한심하기 짝이 없었다.

하연이의 소중함과 감사함이 파도처럼 밀려왔다.

난 휴대폰을 꺼내 들어 봄이 부장에게 연락했다.

"잠깐 내 방으로 와 봐."

잠시 기다리자 봄이 부장이 방에 들어와 물었다.

"무슨 일 있으세요?"

"이 언니는 내보내 줘."

언니 143호를 손가락으로 가리키며 말했다.

언니 143호는 무안한지 아무 말도 하지 않고 바로 짐을 싸 밖으로 나갔다.

"다른 아가씨 불러 드릴까요?"

"응."

'그래도 이왕 놀러 왔는데 재밌게 놀아야지.'

얼마나 기다렸을까….

아가씨는커녕 그 누구도 약 삼십 분 동안 방에 들어오지 않았다.

화가 치밀어 올랐다.

'아니 봄이 부장에게 챙겨 준 돈이 얼마인데….'

"뭐 하자는 거야?"

봄이 부장에게 소리쳤다.

"정말 죄송해요. 아가씨가 지금 없어요."

….

'아니 이게 무슨 소리인가…? 매춘부를 파는 룸살롱에 매춘부가 없다니?'

"그게 무슨 말이야? 왜?"
"저기 옆방에 제 다른 손님이 와 있으신데 아가씨를 열 명이나 앉히셨어요."

'…? 거참…. 별난 녀석이 또 있나 보군.'

무려 매춘부 열 명을 앉히는 비용으로만 한 시간에 약 백만 원을 쓰며 놀고 있는 사람은 도대체 어떤 사람인지 내심 궁금했다.

"뭐 하는 사람이야?"
내가 물었다.

"저도 잘 모르겠어요. 외국인 같기도 하고…. 현금을 엄청 많이 가지고 있더라구요."
봄이 부장이 고개를 절레절레 흔들며 말했다.

'음….'

"그럼 난 오늘 이제 아가씨랑 못 노는 거야?"
"일단 기다려 보겠습니다."

'VIP방에서 비싼 술 시켜 먹으면 뭐 하나….'

돈을 이렇게 많이 썼는데 대우도 안 해 주는 봄이 부장이 크게 실망스러웠다.

봄이 부장은 한동안 휴대폰을 끄적이더니 조심스레 입을 열었다.
"혹시 아까 말씀드린 그 손님이랑 같이 드실래요?"
봄이 부장이 그 사람을 소개해 주려는 모양이었다.

'옳거니. 기다렸던 바다.'
"그러자."
난 길게 고민하지 않고 대답했다.

봄이 부장은 그 손님을 부르는 듯 휴대폰을 만지더니, 잠시 후 노크가 울렸다.

"똑똑."

기대가 되는 순간이었다.
문이 열리더니 건장한 남자 한 명과 매춘부 열 명이 들어왔다.
그는 누구나 들어도 알 법한 매우 비싼 명품 옷을 두르고 있었으며, 팔에는 다이아몬드로 보이는 듯한 보석이 오목조목 박혀 있는 시계와 팔찌를 차고 있었다.
그리고 무엇보다 눈에 띄었던 건, 캄캄한 저녁 시간대에 그것도 어두운 룸살롱에서 선글라스를 끼고 있었다.

아무리 봐도 특이한 사람이었다.

그는 내 대각선 소파에 앉으며 인사했다.

"안녕하세요."

"네, 안녕하세요."

덩달아 나도 인사했다.

아가씨들 열명도 자리를 잡아 대충 착석했다.

그는 내 옆에도 아가씨를 앉혀 주었고, 마치 혼자 온 듯 아가씨들과 놀았다.

나라는 존재보다는 여자와 놀고 싶었던 모양이다.

"저희 통성명이나 할까요?"

한참을 따로 놀다가 그가 입을 열었다.

"네. 좋습니다."

나도 덩달아 대답했다.

"제 이름은 '사토시'입니다."

'사토시…? 일본말인가…?'

"일본인이세요?"

"뭐… 그렇기도 합니다."

그는 더 묻지 말라는 뉘앙스로 의미심장하게 대답했다.

"그렇군요. 제 이름은 이준영입니다."

"네. 앞으로 자주 뵈어요."

"네."

사토시는 대화를 마치고 휴대폰을 꺼내 들어 어딘가에 전화를 걸었다.

"천만 원만 갖고 VIP룸으로 들어와."

잠시 후, 검은 정장 양복을 입은, 마치 경호원 아우라를 풍기는 건장한 남성 두 명이 들어와 사토시에게 천만 원을 건네주었다.

그는 양복 남성에게 돈을 받고는 손짓하며 말했다.

"응. 차에서 기다려."

….

다들 놀란 듯 방에 정적이 흘렀다.

매춘부를 무려 열 명씩이나 데리고 놀며, 개인 경호원을 두 명이나 데리고 있는 이 남자는 '진짜 부자'임이 틀림없다고 내 뇌에서 소리쳤다.

그는 돈을 테이블 위에 툭 내려놓고 모두가 들리게 말했다.

"자, 이제 게임을 시작하자."

'무슨 게임을 말하는 거지?'

도무지 이해가 안 갔다.

그의 현란한 말솜씨와 제스처는 이 자리에 있는 모두를 사로잡아 주도권을 잡기에 충분했다.

그가 어떤 행동과 말을 펼칠지 모두가 마치 그의 세계로 빨려 들어가듯 숨죽여 기다렸다.

물론 나도 포함해서 말이다.

"게임 규칙은 이렇게 하자."
그는 이야기를 이어 갔다.

모두가 그의 말에 귀 기울여 집중하며 절정으로 빠지는 순간,

"똑똑-."
노크 소리가 울렸다.

문이 열리자 웨이터 두 명이 쟁반에 술병과 잔을 가득 실어 와 테이블에 올려놓고 말했다.
"주문하신 루비스 샴페인 열 병입니다."

'루비스 샴페인…? 샴페인…? 룸살롱에서 샴페인을 시키다니…. 외국물을 먹긴 먹었나 보네.'

'루비스 샴페인'은 룸살롱의 희미한 조명 아래에서 감미로운, 마치 예술적인 정열을 나타내는 듯한 붉은 병이었다.
그리고 무엇보다, 비싸 보였다.

"게임하기 전에, 다 같이 한 잔 하시죠."

사토시가 말했다.

사토시의 말이 끝나기 무섭게 열 명의 매춘부들이 일제히 일어나 웨이터가 놓고 간 '루비스 샴페인'을 오픈하고 샴페인 잔에 따른 후, 각자 앞에 놓아주었다.

사토시는 잔을 들고 일어나 말했다.

"건배."

다 같이 술잔을 부딪혀 건배를 한 후 입에 가져다 대었다.

나도 샴페인 잔을 입술에 가져다 댄 후 향을 맡아 보고는 술을 입안에 밀어 넣었다.

"와, 맛있군."

샴페인의 달콤한 거품이 입안에서 춤추는 듯한 느낌이었다.

사실 샴페인 맛도 잘 모른다마는, 확실히 맛은 좋았다.

"자, 이제 게임을 시작하자."

사토시가 입을 열었다.

"게임에서 이긴 사람은 이 돈을 가져갈 수 있고, 진 사람은 벌주를 마시는 게임이야."

그는 돈과 술을 가리키며 말했다.

그 후로 사토시는 매번 게임 규칙을 설명하며 진행했다.

게임에서 승리한 사람은 오만 원 지폐 한 장을 주었고, 패배한 사람은
벌로 술을 마시게 하였다.

우리는 한참 동안 사토시가 진행하는 수많은 게임을 했다.

나도 너무 재미있어 넋이 나간 듯 집중하며 게임을 했다.

갖가지 가위바위보게임부터 얼음 녹이기 게임, 숫자 게임 등등….

정말이지, 시간 가는 줄 몰랐다.

어찌나 그는 이런 게임을 많이 아는지….

그는 마치 '닌텐도'를 연상시켰다.

한참을 게임을 하고 잠시 정적이 흘렀다.

사토시는 한숨을 내쉬며 말했다.

"이제 힘들다."

모두가 까르르 웃으며 사토시에게 말했다.

"고생하셨어요."

"재밌었어요."

하기야 온종일 입을 떠들어 댔으니 그럴 수밖에.

"난 먼저 일어날게."

그는 자리에서 일어나 매춘부들에게 각기 오만 원 지폐 한 장씩을 건네주며 나갈 채비를 했다.

"형님도 다음에 또 같이 놀아요."

사토시가 문 앞에서 방긋 웃으며 내게 말했다.

"좋죠. 다음에 또 뵈어요."

그는 그렇게 매춘부들의 관심과 애정을 얻은 채, 밖으로 나갔다.

그가 나가자 매춘부들이 마치 약속이라도 한 듯 다들 바깥으로 나갔다.

본인들의 돈줄이 사라졌기 때문이다.

나도 양 옆에 앉은 매춘부 두 명과 번호를 교환하고, 내보냈다.

방 안에 혼자 남은 나는 고민에 빠졌다.

'사토시는 도대체 무엇을 위해 이렇게 큰돈을 써 가며 노는 것인지….'

아무리 봐도 그는 그 어떠한 '목적성'이 보이지 않았다.

다만 확실한 건, 그는 돈이 많았다.

그에게 피해를 주거나 낚시를 하면, 받게 될 후환이 두려웠다.

경호원 두 명의 덩치가 워낙 거대했으니 말이다.

난 고민을 마치고 조금 남은 술을 입안에 털어 넣고, 밖으로 나와 하연이 집으로 향했다.

집에 도착해 문을 열고 들어가자, 하연이가 앞치마를 두르고 나와서
물었다

"일 잘하고 왔어?"
"응."

하연이는 앞치마를 두르고 집안일을 하고 있었던 모양이었다.
하연이의 화장하지 않은 초췌한 얼굴이 뭔가 꼴 보기 싫었다.
무엇보다 이전처럼 하연이가 아름다워 보이지도 않았고, 함께 있기 싫
어졌다.

"피곤해서 먼저 잘게."
대충 인사를 마치고 난 방에 가서 잠을 청했다.
다음 날, 눈을 뜨자 옆에서 하연이가 새근새근 자고 있었다.
오늘도 역시 하연이와 같은 공간에 갇혀 있기 싫었다.

'사랑스럽지 않다.'

분명 하연이와는 함께 아름다운 미래를 그리고 탈 없이 나아갈 수 있
을 줄 알았는데 말이다.

'하….'

난 큰 한숨을 내쉬고 자고 있는 하연이를 두고 짐을 챙겨 밖으로 나왔다.

휴대폰을 꺼내 들어 시간을 보니 오후 두 시를 가리키고 있었다.

내게 무거운 공허함이 다시 찾아왔다.

하늘에서 내게 번지는 뜨거운 햇빛조차도 나를 감싸는 것이 아니라, 더 무겁고 따갑게 느껴졌다.

난 머리가 텅 빈 상태로 택시를 타고 경마장으로 향했다.

현재 내가 나 자신에게 줄 수 있는 '기쁨'은 도박이 유일했다.

난 경마장에 내려 다시 팜플렛 아저씨에게 다가갔다.

"또 오셨네요?"

"푸핫-."

급기야 웃음이 터졌다.

마치 지금까지 잊고 있던 심정을 찾은 기분이었다.

아저씨는 내가 웃자 영문을 모르겠다는 표정으로 지었다.

"아. 죄송해요. 오늘은 어떤 말이 나오나요?"

"오늘은 메가블레이드가 안 나온다고 하더라구요."

"아 네. 팜플렛 한번 주시겠어요?"

난 아저씨에게 오만 원을 건네주고 팜플렛을 받아 펼쳐 보았다.

"오후 3시 경기 출연 말 정보

1. 골드미네르, 2. 사파이어하트, 3. 우르타뉴, 4. 프로메테우스, 5. 메니탄탄, 6. 오닉스라이언"

전부 이름도 잘 기억이 나지 않는 말들이었다.

내가 지금까지 경마로 돈을 걸었던 말은 고작 두 종류, '메가블레이드'
와 '미도리블러드'뿐이니 말이다.

"어떤 말이 나을까요?"

아저씨에게 물었다.

"음⋯. 메가블레이드가 없으면 '사파이어하트'가 그중에서 빠른 편이
긴 합니다."

아저씨는 미간에 주름을 잡으며 말했다.

'확실하지 않은가 보군.'

"일단 감사합니다."

난 아저씨와 대충 인사를 마친 후 마권 카운터로 향했다.

마권 구입 줄을 기다리며 고민에 빠졌다.

'음⋯. 얼마나 걸지? 저번에 일억 원을 땄으니 그래도 좀 크게 가 볼까?'

순서가 되자, 마권 카운터에서 날 불렀다.

"2번 말 사파이어하트 오천만 원 주세요."

난 당당하게 얘기한 후 가방에서 오천만 원을 꺼내 건네주었다.

뒤에 줄 선 사람들은 내 말을 들었는지 모두 놀란 듯 나를 휘둥그레 쳐
다보았다.

'한 경기만 따고 오늘도 룸살롱에 가야지.'

난 오늘 밤에도 있을 경배를 기대하고 경기장 안으로 향해 자리를 잡아 착석했다.

잠시 기다리자 총소리가 울리며 모든 말들이 발 빠르게 뛰었다.

이전처럼 심장이 뛰거나 긴장이 되지 않았다.

이제 이정도 돈을 건 것으로는 만족이 되지 않는 걸까.

그렇다.

'흥미가 생기지 않았다.'

난 아무 감정도 실지 않은 채 경기를 바라보았다.

결국 내가 건 2번 말 '사파이어하트'가 1번 말 '골드미네르'를 간소하게 이기고 경기가 끝났다.

손에 쥔 마권을 바라보니 당첨금은 '일억 이천만 원'이었다.

또 손쉽게 칠천만 원을 딴 셈이다.

'너무 쉽군.'

난 여유롭게 마권 카운터로 향해 승리한 마권을 건네주고 일억 이천만 원을 받아 가방에 챙긴 후 밖으로 나왔다.

분명 난 이겼는데, 돈을 땄는데.

내 마음은 여전히 공허했다.

'…. 뭐가 문제인 거지?'

난 한참을 고민하며 돌아다니다 길거리 트럭에서 판매하는 토스트 한 개를 구입해 먹으며 다시 팜플렛 아저씨에게 다가가 말했다.

"사파이어하트가 이겼어요."
"따셨어요?"
"네."
"정말 잘하시네요."
팜플렛 아저씨는 부러운 표정으로 날 지그시 바라보며 말했다.

"하하. 아저씨 덕분이죠. 다음 경기도 똑같이 하나요?"
"네. 조금만 거셔요."
"알겠습니다."

난 가방에서 오만 원 지폐 여덟 장을 꺼내어 아저씨에게 건네주었다.

"정말 감사합니다!"
아저씨는 신난 듯 돈을 받으며 소리쳤다.

흐뭇한 미소를 지으며 난 아저씨와 인사하고 다시 마권 카운터로 갔다.

'얼마나 걸지…?'
내 마음은 여전히 공허했다.

"돈 따서 나 아이스크림 사 줘요. 아빠."

줄을 서고 있는데 옆에서 말소리가 들렸다.

말소리가 들리는 곳을 바라보니 어린 딸과 아버지의 모습이었다.

"그럼. 아빠가 무조건 따서 아이스크림 두 개 사 줄게."

아빠가 딸에게 말했다.

"십억 따 와요. 아빠!"

"하하. 그래."

'풋-. 십억을 따는 건 너희 아빠가 아니고 나야.'

흐뭇하게 대화를 엿듣고 있는데, 마권 카운터에서 날 불렀다.

"세 시 삼십 분 경기 2번 말 사파이어하트 이억 오천만 원 주세요."

마권 카운터에서 놀란 말소리가 들려왔다.

"네…? 이억 오천만 원이요?"

"네."

난 당당하게 대답하고 가방에 든 모든 돈을 털어 카운터에 건네주었다.

마권 카운터 점원은 계수기에 지폐를 한참을 세고 어딘가에 전화를 했다.

한참을 기다리니 이내 점원은 마권을 건네주었다.

난 마권이 제대로 나왔는지 확인하고, 경마장 안으로 들어가 자리를 잡아 착석했다.

마권을 바라보니 정말 이억 오천만 원 마권이었다.

현실이었다.

'십억'이라는 말에 꽂혀 버린 걸까.

'내가 무슨 짓을 한 거지…?'

경기장에 말들이 나란히 서자 심장이 쿵쿵 뛰고 식은땀이 흘렀다.

'그래. 이거야!'

잊었던 떨림과 긴장이 솟아나왔다.

난 이 느낌에 집중하기 위해 눈을 감고 심장 박동 소리에 집중했다.

"쿵-."

"쿵-."

"쿵-."

'아. 좋다. 그래. 인생 뭐 있어?'

난 마권을 또다시 확인해 보았다.

"세 시 삼십 분 경기, 2번 말 사파이어하트 우승, 이억 오천만 원"

이기면 받게 될 오억 삼천만 원….

오억 삼천만 원이라는 돈은 정말이지 실감이 나지 않았다.

흥분되는 이 감각을 즐기는 찰나, 총소리가 울리며 경기가 시작되었다.
총소리가 끝나기 무섭게 경주마들은 순식간에 트랙을 휘젓고 나갔다.

난 2번 말, 사파이어하트를 초점으로 두 눈 크게 뜨고 바라보았다.
마치 내 마음이 사파이어하트와 함께 달리는 듯했다.

식은땀이 쉬지 않고 흘렀다.
모든 말들이 경기장을 반쯤 지나자, 2번 말 사파이어하트와 1번 말 골
드미네르가 선봉에서 격렬하게 경쟁했다.

'제발….'

결승선을 앞두고 여전히 두 말이 나란히 달리다 골드미네르가 스퍼트
를 내 사파이어하트를 앞질러 먼저 결승선을 밟았다.

….

"하…."
"왜 하필 돈을 많이 걸었을 때 운이 내 편이 아닌 거지…?"
허탈함이 온몸을 감쌌다.

마권을 꺼내 다시 확인해 보았다.

마권은 사파이어하트 우승에 돈이 걸려 있었고, 사파이어하트는 방금 간소하게 패배했다.

화가 치밀어 올라 주먹으로 내 얼굴을 쾅쾅 때렸다.
'왜 이렇게 많이 걸었지…?'

'하….'

이억 오천만 원 주고 산 이 마권은 '쓰레기'가 되었다.
아까까지만 해도 이억 오천만 원이라는 거금, 수많은 돈다발이 있었던 가방을 열어 보니 초라한 오만 원 지폐 약 열 장이 남아 있었다.

난 이번 경기로 가지고 있던 희망과 계획, 그리고 모든 돈을 잃었다.

한참을 한숨을 쉬다 힘 없이 일어나 터벅터벅 밖으로 나왔다.

"저기요."
택시를 잡으려 하자, 팜플렛 아저씨가 날 불렀다.

말도 섞기 싫었고, 꼴도 보기 싫었다.
난 팜플렛 아저씨에게 '훠이훠이' 저리 가라는 손짓을 했다.
팜플렛 아저씨는 내 표정을 보고 돈을 잃었다는 사실을 눈치챈 듯 고개를 돌렸다.

난 바로 택시를 탑승해 위너모텔로 향했다.

택시를 타고 돌아가는 동안, 내 머릿속은 온갖 생각 덕분에 아파 왔다.

'이대로 패배하는 건가…? 내가…?'

'얼마를 잃은 거지…? 그 많은 현금을 다 날린 건가…?'

'어떡하지…?'

'도대체 뭐가 문제였지?'

아무리 생각을 해도 타파할 방법이 떠오르지 않았다.

'분명 한 시간 이전만 해도 칠천만 원을 따고 있었고 엄청 행복했는데….'

시간을 돌리고 싶었다.

아무래도 십억을 따 오라던 그 여자아이의 말에 꽂혀 돈을 날린 것 같다.

그 여자아이는 분명 악마였던 모양이다.

"휴…."

긴 한숨을 내쉬며 힘 없이 위너모텔에 들어왔다.

방문을 열고 들어가자마자 돈가방을 열어 보았다.

아직 현금 다발은 많이 남아 있었다.

현금을 다 세어 보니 약 팔억 원 정도였다.

난 현금들을 한참 바라보며 고민에 빠졌다.

사실 난 방법을 타파할 마지막 한 가지 방법을 안다.

'이 돈을 전부 걸어서 따면 모든 것이 해결된다.'

난 한참을 고민하다 주먹을 꽉 쥐고 허공에 소리쳤다.
"그래. 해 보자. 인생 뭐 있냐?"

그러고 보니 이 모텔 이름도 '위너'모텔이었다.
도무지 오늘, 난 패배자가 될 수 없었다.
아니, 내가 패배했다는 사실을 인정하기 싫었다.

혼자 피식 웃으며 돈가방을 들고 혹시 모를 상황에 대비하기 위해 바지춤에 칼을 두 자루를 차고 다시 택시를 타 경마장으로 향했다.

경마장에 도착해 휴대폰을 꺼내 들어 시간을 보니 네 시 오십 분을 가리키고 있었다.

곧장 마권 카운터로 가 다섯 시 경기 출전 말들을 비교했다.
"음…. 어떤 말에 걸지…?"
여전히 1번 말 '골드미네르'와 2번 말 '사파이어하트', 두 말이 우세한 모양이다.

'음….'

'그러고 보니 아까 골드미네르의 마지막 스퍼트 때문에 돈을 잃었지…?'

난 마권 카운터에 대고 입을 열었다.
"오후 다섯 시 골드미네르 우승, 이억 원 마권 주세요."

"네…? 이억이요…?"
마권 카운터는 다시 한번 물었다.
"네. 빨리 주세요."
"헉."

놀랄 만도 하다. 하기야 이억 원이란 돈은 일반인에게 너무도 큰돈이다.

잠시 기다리자 카운터에서 유리창 사이로 마권을 건네주었다.
마권을 확인해 보니 알맞게 잘되어 있었고, 우승 상금은 사억 삼천만 원이었다.

아까 잃은 가방에 있던 모든 돈이 이억 오천만 원이니 이 경기를 따도 오늘은 마이너스다.

난 마치 귀신에 홀린 듯 이억 원 마권을 쉽게 구매했다.
아까처럼 떨림과 긴장감은 전혀 없었다.

난 주먹을 꽉 쥐고 경마장으로 들어가 자리에 앉았다.

'후⋯. 이거 따고 한 번 더 따면 괜찮겠지.'

"탕-!"
심호흡을 하느라 정신이 없는 찰나에 경기가 시작했다.
경기장의 절반까지는 예상했듯이 사파이어하트와 골드미네르가 우세하게 달렸다.

'힘내. 골드미네르!!'
난 자리에서 일어나 숨을 죽이고 경기를 주시했다.

결승선을 앞두고 골드미네르와 사파이어하트는 마지막 스퍼트를 내었다.

"다그닥- 다그닥-."

이내 두 말은 정확히 동시에 결승선을 밟았다.
경기장은 순간적인 침묵에 휩싸였다.

'어? 누가 이긴 거지?'

"뭐야?"
"누가 이긴 거야?"

주변 관중들도 어떤 말이 우승했는지 모르는 모양이다.

"저기 봐 봐!"

어떤 관중이 손가락으로 경기장 중앙에 높게 차오른 네온사인 간판을 가리켰다.

"2번 말 사파이어하트 우승!"

….

'아아….'

난 다리에 힘이 풀려 자리에 털썩 주저앉았다.

'하….'

'하….'

'오늘 거의 오억 원을 잃은 건가…?'

사실 사파이어하트가 아주 간소한 차이로 결승선을 먼저 밟은 건 분명 보았지만, 믿기지 않았다.

아니, 믿기 싫었다.

내심 무효로 나오길 간절히 빌었다.

마음을 추스르고 가방을 열어 보니 남은 돈은 얼추 육억 오천만 원이었다.

그 많던 돈다발이 반 가까이 줄어들었다.

"왜? 대체 왜 나는 이런 처지가 되었지?"

"내가 도대체 뭐 한 거지…?"

이루 말할 수 없는 스트레스와 자괴감이 차올라 주먹으로 내 얼굴을 쾅쾅 때렸다.

'하….'

한참을 절망하고 있는 찰나, 관중석 저편에서 말소리가 들렸다.

"다음 경기에 메가블레이드 나온대!"

'어…? 메가블레이드…?'

머릿속에 주마등처럼 저번부터 메가블레이드로 돈을 따고 행복해했던 내 모습이 스쳐 지나갔다.

그렇다.

메가블레이드는 절대 날 배신하지 않는다.

"하느님 감사합니다."

난 하늘에 대고 두 손 모아 소리쳤다.

하느님을 믿지는 않지만, 마치 신이 내게 마지막 기회를 주는 듯했다.

'그런데, 얼마나 걸지…?'

내 수중엔 육억 오천만 원이라는 돈밖에 남지 않았다.

쫓기는 신세에 '돈'은 필수 불가결한데 말이다.

하지만 계산해 보니 오늘 날린 돈을 복구하려면, 거의 모든 돈을 걸어야 했다.

"그래. 해 보자. 메가블레이드가 왔잖아."

난 강한 다짐을 한 후 마권 카운터로 가 우렁차게 말했다.
"오후 다섯 시 반 경기 메가블레이드 우승, 육억 원 주세요."

주변에 서성이던 모든 사람들이 약속이라도 한듯 동시에 날 처다봤다.

"네…? 육억이요?"
마권 카운터 사람도 놀란 듯 되물었다.
"네."
"잠시만요. 금액이 워낙 크서서 사무실 창구에서 진행 도와 드리겠습니다."
"네."
저번 그 사무실에서 구매하는 모양이다.

잠시 기다리자 정장을 입은 경호원 두 명이 나타나 따라오라는 손짓을 했다.
난 그들을 따라 엘리베이터를 타고 사무실로 향했다.
"잠시 여기 앉아 기다려 주세요."
경호원 두 명은 소파 재질로 된 커다란 의자를 가리키곤 기다려 달라는 말과 함께 밖으로 나갔다.

"똑똑‐."

명상을 하고 있는데, 노크 소리가 울리자 난 혹시 모를 상황에 대비해 한 손으로 바지춤에 숨겨 둔 칼의 손잡이를 잡았다.

"네. 들어오세요."

"안녕하세요!"

고급져 보이는 정장을 입은 사내가 경호원 두 명을 데리고 들어와 깍듯이 인사했다.

아무래도 사장인 모양이었다.

"휴."

손을 바지춤에서 빼며 안도의 한숨을 내쉬었다.

"얼마나 사시려고 하시나요?"

사장으로 보이는 사내가 물었다.

"육억 원이요."

"와우⋯. 많이 사시네요!"

"네. 얼른 주세요."

"알겠습니다. 다섯 시 반 메가블레이드 우승 맞으시죠?"

"네."

"네. 당첨금은 십삼억 원입니다."

"네. 경기 끝나고 여기로 와서 받으면 되죠?"

"음⋯. 네."

사장으로 보이는 사내는 마지못한 대답과 함께 컴퓨터로 가 마권을 발급해 내게 건네주었다.

"여기요."
난 가방을 통째로 건네주었다.
사장과 경호원은 한참을 지폐계수기를 돌리더니 육억 원을 세고 남은 돈 약 오천만 원을 건네주었다.

시간을 바라보니 오후 다섯 시 이십 분을 가리켰다.

"경기는 여기서 보실래요?"
사장이 물었다.
벽면에 걸린 텔레비전을 통해 경기를 볼 수 있는 모양이다.

"아뇨. 경기장에서 보겠습니다."
"네, 알겠습니다. 마실 거라도 드릴까요…?"
"괜찮습니다."
난 단호하게 말을 마치고 마권을 들고 일어나 경기장으로 향했다.

경기장은 메가블레이드가 나온다는 소식 탓인지 관중들의 환호와 말소리가 많아 시끄러웠다.
난 적당한 자리에 앉아 착석했다.

"후…. 후…."

심장이 너무 강하게, 그리고 빠르게 뛰었다.

생을 유지하기 위해서는 심호흡을 계속 해야만 했다.

"탕-!"

내 '목숨을 건 경기'의 시작을 알리는 총 소리가 울렸다.

시력 이외에 모든 감각이 차단되었다.

아무 소리도, 냄새도, 생각도 나지 않았다.

난 그저 4번 말 메가블레이드만 바라보고 있었다.

모든 말들이 경주로를 휩쓸고 지나가는 가운데, 메가블레이드가 반 바퀴까지 다른 말들보다 우세하게 달렸다.

모두가 환호했고, 경마장의 분위기는 긴장과 기대로 가득 차 있었다.

'이건 땄다!'

난 확신에 차올라 주먹을 꽉 쥐고 자리에서 일어나 마음속으로 외쳤다.

짧은 찰나에 난 이 마권의 가치인 십삼억 원이라는 돈으로 무엇을 할지, 그리고 오늘 밤은 어떻게 뜨겁게 보낼지 고민했다.

경기장의 마지막 모퉁이를 남기고, 마치 운명의 장난같이 메가블레이드가 발을 헛디디며 넘어졌다.

"어…?"

경마장의 분위기가 급기야 정적으로 변했다.

내 심장도 얼어붙었다.

'제발 다시 일어나서 뛰기를….'

하지만 운명의 장난은 잔인했다.

메가블레이드는 힘겹게 일어났지만, 다른 말들은 이미 멀리 떠나 있었고 결승점을 밟았다.

"아…."

손에 쥔 육억 원, 아니 방금까지 십삼억 원이라고 생각했던 가치의 마권이, 완벽히 휴지조각이 되었다.

"아…."

실감이 전혀 나지 않았다.

분명 현금 다발 때문에 무거워야 할 돈 가방은 솜먼지처럼 가벼웠고, 가방을 열어 보자 위너모텔에서 나올 때까지만 해도 아주 많던 돈다발은 온데간데없었다.

그렇다.

난 지금 내게 피 같은, 아니 목숨 같은 돈을 전부 날렸다.

분명 처음에는 즐거웠던 도박의 세계가 이제 나의 삶을 급기야 파멸로 몰아넣었다.

"앞으로 어떡하지…?"
주먹을 쥐고 내 머리를 쾅쾅 때렸다.
"내가 도대체 뭘 한 거지…?"

"쾅-."
"쾅-."
머리가 아파 와 주먹질을 멈췄다.

이런 와중에도 아파서 그만 때리려는….
아니, 그만 맞으려는 나 자신이 싫었다.
이루 말할 수 없는 자괴감이 차올랐다.

"하…."

자리에 한참을 앉아 한숨을 쉬니, 다소 진정되었다.

"앞으로 어떡하지…?"

잊고 있었던 나의 현실이 더욱 실감이 됐다.
그렇다. 난 도망자 신세였다.

생각해보니 내 주변엔 아무도 남아 있지 않았다.
날 진심으로 위로하거나 도와줄 사람은커녕, 내가 진정 믿고, 날 진정
믿고 따르는 사람이 주변에 단 한 명도 존재하지 않았다.

'진정한 풍요로움'이라 함은 가져 본 적 없는 건지라 어떤 것인지도 잘 모른다만은,

확실한 건 내가 가졌던 돈은 단순한 교환 수단이었을 뿐이었다.

난 '진정한 풍요로움'을 가져 본 적이 없다.

심지어는 이제 그러한 돈마저도 전부 잃고 수중에 남은 돈도 없었다.

처음 그 텔레비전에서 "경마로 돈을 쉽게 벌어라."고 광고하던 그 문장은, 확실한 '악마의 손길'이었던 것이다.

그 문구를 보기 이전으로 시간을 되돌리고 싶었다.

"참 나, 저렇게 텔레비전처럼 도박을 유도해서 사기치는 사람은 왜 죄가 아닌 거지?"

아무리 생각해도 나와 크게 별 다를 바가 없는 것 같은데 말이다.

"하⋯."

난 한참을 경기장 안에서 한숨 쉬다 마음을 추스르고 일어나 바깥으로 나와 위너모텔로 향했다.

"아아⋯. 엄마 보고 싶군."

택시를 타고 가며 난 어렸을 적의 생각부터 부모님 생각까지 갖가지 생각을 했다.

난 위너모텔로 돌아와 침대에 몸을 던져 누워 또다시 한참을 생각했다.

"앞으로 어떡하지?"

난 침대에 누워 한참을 고민하다 결론을 도출했다.

돈이 필요했다.

"누구든 돈을 뜯어 내야겠다."

내 자유를 유지하기 위해선 '돈' 말고는 답이 안 보였다.

이 세상은 어차피 제로섬 게임이다.

특히나 추락하기 직전인 지금의 내 상황에 남에게 피해를 입히는게 거리낌이 있을 리가 없었다.

침대에서 일어나 가방을 열어 남은 돈이 얼마인지 세어 보았다.

약 오천만 원 정도였다.

'고작 이 돈으로는 살 수 없어.'

난 이를 꽉 깨물고 누구부터 낚시를 할지 고민했다.

"따르릉-."

갑자기 휴대전화가 울렸다.

확인해 보니 여자친구 하연이였다.

'아. 하연이가 있구나.'

"하아…."

그래도 그렇게 많이 사랑했던 여자를 바로 낚시 대상으로 생각하는 나 자신이 미웠다.

그래도 어쩔 수 없다.

내가 살고 봐야 하지 않겠는가.

마음을 가다듬고 전화를 받았다.

"여보세요."

"오빠. 말도 없이 가시면 어떡해요."

아까 하연이를 내버려 두고 온 기억이 새록새록 다시 나며 그때의 나 자신이 원망스러웠다.

까닭 모를 닭똥 같은 눈물이 나왔다.

"미안해…."

"아니에요. 오늘 안 오세요? 맛있는 요리해 드리려고 했는데."

"아…."

눈물이 멈추질 않았다.

"응…. 고마워…. 이따가 갈게…."

"네! 저녁에 오세요!"

"응."

…．

너무 슬프고 아쉽지만 난 이미 돌이킬 수 없는 강을 건넜다.

화장실로 가 거울을 바라보니 눈물 덕에 충혈된 눈과 육중하고 씻지도 않아 더러운 내 모습이 비춰졌다.

"아…. 어쩌다 이렇게까지…."

하연이를 내버려 두고 나오기 전으로 시간을 돌리고 싶었다.

거울의 내게 말했다.

"진영아. 넌 이미 늦었어."

"맞아. 이미 늦었어. 돌아갈 수 없어."

난 화장실에서 샤워를 하고 나와 옷을 입고 가방을 챙겨 나와 위너모텔 카운터로 향했다.

"저 이제 나갑니다."

"네. 안녕히 가세요."

난 인사를 마치고 열쇠를 카운터에 주고 나와 택시를 타고 하연이 집으로 향했다.

하연이 집으로 들어가자 맛있는 음식 냄새가 솔솔 풍겨 왔다.

"오셨어요?"

주방에서 요리하는 하연이가 물었다.

"응."

"저녁 같이 먹어요. 제가 맛있게 해 드릴게요!"

아무것도 모른 채 마냥 행복한 하연이를 보자 또 한 번 울컥했다.

차마 눈물을 흘릴 순 없어 이를 꽉 깨물어 꾹 참고 대답했다.
"그래. 고마워."

잠시 기다리자, 하연이가 불렀다.
식탁에는 신경 쓴 듯 한 접시 플레이팅과 요리들로 가득했다.

"꼬르륵-."
배가 고파 왔다.
'휴…. 내가 밥 먹을 자격이 있을까?'

"얼른 먹어요!"
"정말 고마워. 잘 먹을게."
"네!"
난 수저를 집어 음식을 정신없이 허겁지겁 섭취했다.
소화가 안 될 줄 알았던 밥은 어련히 잘 들어갔다.

그렇다. 무진장 맛있었다.

대충 배를 채우고 난 하연이에게 입을 열었다.
"하연아 혹시 휴대폰 하나 만들어 줄 수 있어?"
"휴대폰은 왜요?"
"아. 내가 일을 해야 하는데 휴대폰이 부족해서."
"음…. 네. 알겠어요."
"고마워. 내일 부탁해."

"네."

난 음식을 마저 허겁지겁 먹고 하연이와 함께 침대에 누워 잠에 들었다.

눈부신 햇살과 함께 날이 밝았다.

눈을 떠 옆을 바라보니 새근새근 자고 있는 하연이가 눈에 들어왔다.

이불이 어지럽혀진 걸 보아하니 아무래도 어제 나와 하연이는 침대에서 정신없이 잠든 모양이다.

무거운 몸을 일으켜 침대에 앉자 어깨와 목의 근육이 아파 왔다.

"음…. 왜 이러지…."

어제 경기를 너무 목을 치켜세우고 보아서 이러는 모양이다.

마치 양어깨에 귀신이 앉아 있는 듯한 느낌이었다.

어제의 일들이 새록새록 떠오르며 돈에 대한 욕망과 실패에 대한 자책이 교차하며 그 무엇도 하기 싫었다.

세상이 나에게 등을 돌린 듯했다.

하지만 죽으라는 법이 있는가.

돈이 시급했다.

난 손을 올려 어깨를 주물러 준 후 하연이를 깨웠다.

"하연아. 일어나."

하연이는 눈을 비비며 일어나 말했다.
"좋은 아침. 잘 잤어요?"
"응."
"얼른 일어나자."
"네."

나와 하연이는 간단하게 아침밥을 먹고 밖으로 나와 카페에 갔다.
"하연아. 어제 부탁한 휴대폰…."
"네. 알겠어요."
"고마워. 다녀와."
"네."
하연이는 못마땅한 눈치로 자리에서 일어나 밖으로 나갔다.

자리에 앉아 커피를 마시며 생각했다.
'그래. 내가 여유롭게 연애나 할 때냐?'

인간 낚시를 하기 위해선 휴대폰이 불가피하게 필요하고, 내 명의로 만들면 그 즉시 경찰이 출동할 것이 불 보듯 뻔하기에 하연이에게 부탁하는 것이다.

하연이가 만들어 주는 휴대폰은 하연이를 통해 내가 취할 수 있는 마지막 부탁이었다.

이러한 내 현실이 많이 아쉽지만 다른 수가 없었다.

커피를 마시며 기다리자 하연이가 다시 들어왔다.

"잘 다녀왔어?"
"네. 여기요."
하연이는 깨끗한 새 휴대폰을 테이블에 놓으며 말했다.
"고마워."
"오늘은 뭐 할까요?"
"음…. 오늘은 밤에 일이 있어."
"그럼 우리 영화 볼까요? 재밌는 영화가 나왔다고 하던데…."
"음…."
여유롭게 영화나 볼 때가 아니지만 하연이의 귀여운 말투에 차마 거절
할 수 없었다.

"그래. 영화 보자."

난 하연이와 가까운 영화관으로 가 영화표를 구매하고 자리에 앉았다.
영화가 눈에 들어올 리 없었다.

'음…. 앞으로 어떻게 낚시를 해야 할까?'
'아무래도 룸살롱 매춘부들이 가장 낫겠지?'
'오늘 가야겠다.'

옆에 하연이를 보니 하연이는 마치 어린아이처럼 신난 표정으로 영화를 관람하고 있었다.

'하연이도 매춘부지 참…. 휴. 왜 이렇게 됐을까….'
그래도 차마 한때 사랑했던 여인에게 낚시를 할 수는 없었다.

영화가 끝나고 난 하연이와 손잡고 밖으로 나왔다.
바깥은 해가 벌써 저물어 있었다.
휴대폰을 꺼내 들어 시계를 보니 오후 여덟 시였다.

"나 이제 일하러 가야 해서 먼저 집에 가. 하연아."
"알겠어요. 저녁은요?"
"시간이 없어서 못 먹을 것 같아."
"알겠어요."
하연이는 입이 삐죽 튀어나온 얼굴로 대답하고 뒤돌아갔다.

난 뒤돌아 걸어가는 하연이를 한참을 바라보다 시야에서 사라지자마자 휴대폰을 꺼내 들어 봄이 부장에게 연락했다.

"지금 출발."

'아아…. 이거지!'

'역시 룸살롱이 최고야!'

난 지금 룸살롱 상석에 앉아 양옆에 앉은 매춘부들에게 어깨동무를 하며 놀고 있다.

'최고다.'

"우리 게임할까?"

내가 말했다.

"좋아요."

"무슨 게임이요?"

매춘부들은 게임이 정말 궁금한 모양이었다.

난 가방에서 오만 원 지폐 열 장을 꺼내 테이블에 턱 내려놓았다.

"응. 게임에서 이긴 사람은 돈을 가져가고, 진 사람은 술을 한 잔 마시는 거야."

"좋아요!"

"해요! 재밌겠다."

매춘부들이 더욱 밝은 표정으로 대답했다.

난 이전에 사토시가 했던 대사를 그대로 모방하여 게임을 설명하며 게임을 진행했다.

방의 분위기는 내가 주도했고, 나와 매춘부 두 명, 모두가 까르르 웃으며 즐겼다.

내심 사토시의 대단함이 다시 한번 느껴졌다.

한참을 즐기고, 슬슬 몸이 무겁고 졸음이 쏟아졌다.

"너희들 연락처 좀 줘."

휴대폰을 꺼내 들며 매춘부들에게 말했다.

매춘부 두 명은 고개를 끄덕이며 내 휴대폰을 가져가 연락처를 눌러주었다.

"다음에 또 보자."

난 방긋 웃으며 자리에서 일어나 문을 열고 밖으로 나왔다.

문을 열자 봄이 부장이 카운터에서 쏜살같이 달려와 말했다.

"재밌게 노셨어요?"

"응. 재밌었어."

"네. 오늘 노신 거 총 백오십만 원입니다."

'…?'

'고작 세 시간 놀았는데 무슨 백오십만 원이지?'

"계산 잘못한 거 아냐?"

봄이 부장은 기다렸다는 듯 영수증을 내밀었다.

"술값 오십만 원, 접대비 팔십만 원, 룸 대여비 이십만 원"

….

'수중에 남은 돈은 고작 약 오천만 원인데, 술값에 백오십만 원을 썼다니…. 예전의 버릇을 고치지 못했구나.'

"좀만 깎아 주면 안돼? 요즘 힘들어서."

봄이 부장에게 조심스레 말했다.

봄이 부장은 날 관찰하듯이 바라보다가 끝내 대답했다.

"알겠어요! 십만 원 할인해 드릴게요."

"으음…. 좀 더 깎아 줘. 저번에 많이 챙겨 줬잖아."

"알겠어요. 룸 대여비 안 받을게요."

봄이 부장은 내키지 않는 듯 얼굴을 찡그리며 대답했다.

"고마워."

난 대답을 하고 가방에서 백삼십 만 원을 꺼내어 봄이 부장에게 건네주었다.

봄이 부장은 돈을 세어 보더니 고개를 끄덕이며 대답했다.

"또 오세요!"

룸살롱 대문을 열고 바깥으로 나와 보니 아직 바깥은 어두웠다.

'휴….'

돈이 너무도 아까웠다.

내 생명줄을 갉아먹는 느낌이었다.

아까 받은 매춘부 두 명의 번호를 게임에서 쓴 돈까지 이백만 원을 주고 산 셈이다.

피곤한 몸을 이끌고 난 택시를 타 하연이 집으로 돌아가 침대에 누웠다.

하연이는 달려와 옆에 누우며 말했다.

"고생했어요. 힘들었죠?"

덜컥 눈꺼풀에 힘이 빠지고 몰려오는 눈물을 참으며 말했다.

"으응…."

"잘 자요."

"잘 자."

난 하연이에게 등을 돌려 소리 없이, 그리고 눈물 없이 밤 내내 계속

울어 댔다.

* * *

"따르릉-."
"따르릉-."

단잠을 자는데 휴대전화 소리가 날 깨웠다.
눈을 비비며 휴대폰을 바라보니 모르는 번호였다.

'누구지…?'

난 전화를 받고 상대가 먼저 말할 때까지 숨을 죽였다.
"…."
"여보세요?"
"…. 누구세요?"
"안녕하세요. 저 어제 옆에 앉았던 지민이에요."
"아. 안녕. 아침부터 웬일이야?"
"아침이라뇨. 벌써 오후 세 시예요!"
"으응…."
차라리 잘됐다.
어차피 일어나면 내가 연락할 생각이었다.

"그래서 무슨 일이야?"

"오늘 뭐 하세요?"

"오늘 별일 없어. 오늘 볼까?"

"좋아요!"

"그래."

난 어제 놀았던 매춘부 지민이와 한 시간 후 카페에서 만나기로 약속을 잡고 전화를 끊었다.

'참 쉽군.'

사토시를 따라한 탓인지 여자들이 실로 적극적으로 변했다.

'왜 이리도 속이 보이는지….'

아무래도 접대부라 그런지 남자에게 빌붙는 게 습관이 되어 있다.

내게 콩고물을 받고 싶거나, 나와 잘 만나 보고 싶어하는 모양이다.

돈이 주는 힘과 매력이 실로 대단함을 다시 한번 깨달았다.

난 대충 준비하고 금반지와 금 목걸이를 찬 후 지민이와 만나기로 약속한 카페로 나갔다.

카페에 도착하자, 노란색으로 탈색한 머리를 한 여자가 일어나며 손짓했다.

"여기예요. 여기."

"응."

지민이는 먼저 도착해 창가 쪽 테이블에서 음료를 마시며 기다리고 있던 모양이다.

　'어지간히 내가 궁금했나 보군.'
　혼자 피식 웃으며 지민이에게 다가가 자리에 앉았다.
　"일찍 왔네?"
　"네!"
　지민이는 음료를 손에 쥐며 힘차게 대답했다.
　창밖에서 흘러오는 햇빛이 지민이의 머리카락을 더욱 화사한 노란빛으로 물들이고 그 때문인지 지민이의 하얀 피부가 더욱 돋보였다.
　그녀의 옷차림, 머리 색, 그리고 어제의 행동과 말투 등을 종합적으로 봤을 때 난 확신했다.

　'지민이는 바보다.'

　"어제 잘 들어갔어?"
　그녀의 분석을 완료하고는 입을 열었다.
　"그럼요. 오빠는요?"
　"응. 나도."
　"어제 돈 많이 쓰셨죠?"
　지민이가 물었다.

　지민이는 미끼를 벌써 물었다.
　벌써 돈에 관련한 본론으로 들어가고 싶은 모양이다.
　대개 저런 말투는 두 번째 질문을 위한 준비물에 불과하다.

"응? 아니. 별로 안 썼어."

"와. 오빠 무슨 일하세요?"

"응. 난 대출 상담사야."

대개 내가 던지는 미끼는 두 가지가 있다.

지민이에게는 이제 마지막 미끼인 '간절함'만 남았다.

"돈 많이 버시나 봐요."

"그냥 적당히."

"와…."

정적이 흘렀다.

마치 내가 자랑만 한 느낌이었다.

'이러다 대화가 끝나겠군. 한번 당겨 볼까.'

"너는 벌이가 좀 어때?"

"아…. 저는 어제 그 술집에서 일해서 얼마 못 받아요."

"얼마 정도 받는데?"

"그냥…. 생활비만 나와요."

"그렇구나."

"저도 돈 많이 벌고 싶어요. 돈 벌 방법 없을까요?"

'물었다.'

지민이는 내가 던진 두 미끼를 전부 물었다.

이제 낚싯줄을 당기기만 하면 성공이다.

"응. 네가 대출을 받고 돈을 절반 나눠 주면 내가 너의 대출 기록을 그냥 없애 줄 수 있어."

"헐. 정말요?"

그녀는 눈이 휘둥그레지며 대답했다.

"응. 너도 필요하면 말해."

"저도 할래요."

그녀는 선뜻 대답했다.

'풉.'

난 지민이에게 대출을 받아 오는 방법을 자세하게 지시해 주었고 그녀는 즉시 은행으로 가 삼천만 원을 대출받아 내가 기다리는 카페로 다시 왔다.

"여기요. 절반 천오백만 원."

너무 쉬웠다.

"응. 내가 지금 나가서 기록을 지워 줄게. 여기서 조금만 기다려."

"네! 잘 부탁해요."

난 대화를 마치고 돈을 가방에 챙겨 넣고 밖으로 나와, 휴대폰을 꺼내 들어 지민이 연락처를 차단했다.

'낚시 성공이다.'
'풉. 돈을 쉽게 벌려고 하다니 …. 쯧쯧….'

그렇다.
인생은 뭐든지 결국 자업자득이다.
나도 돈을 쉽게 벌려는 생각을 시작했기에 경마에 돈을 걸기 시작해
돈을 잃었고,
지민이도 돈을 쉽게 벌려는 생각을 시작했기에 이런 결과를 초래한 것
이다.

'하암. 이제 뭐 하지?'
난 쏟아져 나오는 하품을 입으로 가리며 정처없이 발걸음을 옮겼다.

문득 어제의 일들이 떠올랐다.
'아 참. 한 명 더 있었지.'

난 휴대폰을 꺼내 들어 어제 내 옆에 앉았던 나머지 한 명의 매춘부에
게 전화를 걸었다.

'분명 어제 연락처를 저장해 놓았는데….'
'여기 있군. 언니 146호.'

휴대폰을 뒤적여 어제 옆에 앉았던 나머지 한 명의 매춘부를 찾아 전화를 걸었다.

"여보세요?"

"응. 나 어제 같이 놀았던 사람인데…."

"아! 안녕하세요."

그녀가 기억난 듯 반갑게 말했다.

"응. 어제 잘 들어갔어?"

"네! 오빠는요?"

"응. 나도. 그나저나 뭐 해?"

"저 어제 늦게까지 일해서 자고 있었어요."

어제 날 접대한 이후로 또 다른 손님들을 맞이한 모양이다.

"그렇구나. 알겠어. 다음에 밥 한번 먹자."

"음…. 그럼 오늘 두 시간 후 어때요?"

'풉…. 하…. 너무 쉽다….'

난 터져 나오는 웃음을 참으며 대답했다.

"그래. 두 시간 후에 보자. 먹고 싶은 거 있어?"

"저 고기요!"

"그래. 소고기 먹으러 가자."

"네! 좋아요!"

그녀는 신난 듯 우렁차게 대답했다.

그녀와 두 시간 후 청담동 부근에 위치한 소고기집에서 만나기로 약속한 후 전화를 끊었다.

'얘도 낚시를 당해야 할 텐데.'

시간이 뜬 나는 주변을 살피다 앞에 보이는 공원의 벤치에 가방을 옆에 두고 앉았다.
해가 서서히 떨어지면서 공원은 맑은 공기로 가득 찼다.
난 주변 사람들의 활기찬 모습을 멍하니 바라보았다.
소리 없이 움직이는 사람들, 어린이들의 놀이 소리, 강아지와 산책하는 사람들의 모습이 시야에 펼쳐졌다.

나는 주위 사람들을 관찰하며, 차분한 상태로 명상을 했다.

'앞으로 누구를 낚시하지? 좋은 방법이 뭐가 없을까?'

아무래도 룸살롱 접대부들만 낚시하기에는 룸살롱 바닥이 좁기도 하고 오래 지속될 리 없다.
따라서 언젠가 막힐 방법이었다.

하지만 대체할 방법이 떠오르지 않았다.

룸살롱 점원이나 매춘부들만큼 머리가 텅 빈 사람이 모인 곳은 세상 어디에도 존재하지 않았다.

'으음….'

한참을 고민하고 정신을 차려 보니 해는 이미 저물어 캄캄해졌다.

'가 볼까.'

끝끝내 난 어떤 결론도 내리지 못한 채 벤치에서 일어나 택시를 타고 약속 장소인 청담동 소고기집으로 향했다.

문을 열고 안으로 발을 디디자 곧바로 고기의 풍미로 가득 찬 공기가 느껴졌다.

'언니 146호'에게 전화를 해 보니 아직 도착하지 않은 모양이다.

"몇 분이세요?"
소고기집 매장 점원이 물었다.
"두 명입니다."
"편한 데 앉으세요."

저녁 시간이라 그런지 소고기집이 붐볐다.
난 매장을 빠르게 훑어 가장 이야기가 새어 나가지 않을 구석진 창가 자리를 선택해 앉았다.
매장 점원은 날 졸졸 따라와 내가 착석하길 기다린 후 메뉴판을 건네 주었다.
"주문하실 때 불러 주세요."
"네."

한참 음식들이 내 코끝을 간지럽히는데 검은 장발의 여성이 들어와 날 찾고는 방긋 웃으며 건너편 자리에 앉았다.

"안녕하세요."

언니 146호는 고급진 의상 차림과 검은 긴 생머리와 연한 화장이 되어 있었다.
숟가락을 세팅하고 물을 따르는 등 자연스러운 표정과 행동들, 그리고 온몸에 다소의 살집이 있어 연배가 느껴졌다.

"응. 안녕."
"오래 기다리셨어요?"
"아니, 괜찮아."

그녀는 메뉴판을 펼치며 물었다.
"뭐 드실래요?"
"간단히 와인 한잔할까?"
"좋아요!"

새삼 느끼지만 매춘부들도 바깥에선 그저 어여쁘고 고급진, 그리고 꿈 많은 여성의 이미지이다.
남들이 잠드는 밤에만 잠시, 다른 사람이 되는 것뿐이다.

난 매장 직원을 불러 소고기 부위 두 가지와 와인 한 병을 주문했다.

잠시 기다리자 주문한 음식이 차례로 나왔다.

난 고기를 들어올려 화로에 구워 한 점 베어 물어 보았다.

….

우리는 내내 한마디의 말도 없이 고기를 섭취했다.

소고기 육즙의 맛은 내가 지금 이곳에 왜 왔는지 잊어버리게 하기에 매우 충분했다.

슬슬 고기의 기름이 질려 오자 떠난 정신이 잡혔다.

"이제 우리 이야기 좀 해 볼까?"

"네!"

"어제 잘 들어갔어?"

"네. 근데 오빠 이름이 뭐예요?"

"응. 난 이영진이야. 너는?"

"전 예림이예요."

"그래. 반가워."

"나이는 어떻게 되세요?"

"응? 난 서른여덟이야."

"젊어 보이세요! 전 스물아홉이에요."

"응. 너도 젊어 보이네."

"감사합니다."

예림이는 확실히 매춘부치고는 나이가 많았다.

애써 내색하지 않으며 시시콜콜한 대화를 이어 나갔다.

"오빠는 왜 그렇게 돈이 많아요?"

'미끼를 물었다.'

그렇다.

예림이는 확실하게 내가 지금까지 본 매춘부 중, 아니 지금까지 본 인간 중 가장 '바보'였다.

아무리 고급진 옷을 입고 비싼 척 행동을 해도, 머리가 나쁘다는 사실은 내게 숨길 수 없다.

'그냥 세게 당겨 볼까.'

"응. 사실 난 대출 상담사인데, 주변에 인맥이 많아서 대출을 받아도 그냥 그 기록을 없애 줄 수 있어. 너도 해 줄까?"

"네?"

….

"응? 이해 못 했어?"

"네."

"그러니까, 너가 대출을 받으면, 그 기록 자체를 없애 줄 수 있어."

"엥?"

….

예림이는 도무지 이해를 못 하는 모양이었다.

"혹시 대출을 잘 모르니? 은행에서 담보나 신용으로 돈을 빌리고 이자를 내면서 천천히 갚는 거야. 그런데 난 대출 상담사 인맥을 통해 그 기록 자체를 없애 줄 수 있어."
"네…. 저 해 본 적 없는데요."
"아…."
그녀는 대답을 마친 후 다시 소고기를 섭취했다.

성인이 되는 동안. 아니, 스물아홉 살을 먹는 동안 '대출'이 무엇인지 모르다니….
이런 경우는 또 처음이다.

그녀는 아무것도 모른 채 소고기를 열심히 섭취하고 있었다.
연기하는 듯한 느낌은 아니었다.

중요한 것을 깨달았다.
'개한테 아무리 많은 돈을 주어도, 한 점의 간식을 더 좋아한다는 것을.'

점점 그녀가 열심히 섭취하는 소고기의 값이 아까워졌다.
'먹기는 또 더럽게 잘 먹네….'

아무리 생각해도 예림이라는 매춘부에게 낚시는 통할 것 같지 않았다.

'이게 무슨 시간 낭비지?'

"나 급한 일이 생겨서 가 봐야 할 것 같아. 음식은 내가 계산하고 갈게."
"헉. 알겠어요. 다음에 뵈어요."
"응."
난 가방을 챙겨 당연히 계산은 하지 않고 밖으로 나와 휴대폰을 꺼내
들어 예림이 연락처를 차단했다.

'멍청한 것…. 넌 싸게 배운 거다….'

'휴…. 시간 낭비만 했네.'
난 한숨을 깊게 쉬고 택시를 타 룸살롱으로 향했다.

택시 안에서 봄이 부장에게 전화했다.
"지금 가는 중인데, 가게에 있지?"
"그럼요. 얼른 오세요."
"응."

"도착했습니다."
잠시 잠에 들었다.

택시 기사는 귀찮다는 듯 계속 나를 불렀다.
"얼른 내리세요."
"네."
주머니에서 꾸깃꾸깃 지폐를 꺼내 택시기사에게 건네준 후 택시에서
내려 룸살롱으로 들어갔다.

봄이 부장은 기다렸다는 듯 뛰어나와 날 맞이했다.
"오셨어요?"
"응. 들어가자."
"오늘은 어떤 술 드시겠어요?"
"음…. 간단히 놀 거라서 가장 싼 걸로 한 병 줘."
"아, 네."
굳이 룸살롱에서 비싼 술을 시켜 먹을 의미가 없었다.
봄이 부장은 실망한 듯 대화를 끝내고 방으로 안내해 주었다.

봄이 부장이 안내해 준 방문을 열어 보니 중앙에 테이블 한 개, 그리고 테이블을 둘러싼 소파 의자 세 개로 이뤄진 이전에 놀았던 방보다 다섯 배는 작아 보이는 방이었다.

"좀 큰 방으로 줘."

"한 병 드시는 거면 큰 방을 못 드려요."

봄이 부장이 못 박아 말했다.

"아니 왜 그래…. 나 자주 오잖아."

"그래도 가게에서 고작 술 한 병 드시는 거면 큰 방을 안 줍니다."

"후…. 실망스럽네."

"제가 더 실망스러워요."

봄이 부장이 얼굴을 찡그리며 말했다.

"…? 뭐?"

"아니에요."

불끈 화가 차올랐다.

"다시 말해 봐."

"저희 가게는 원래 돈을 많이 쓰시는 분만 손님 대접합니다."

….

"아니, 제대로 놀 때 많이 쓸게."

"사장님 제가 술집 영업만 오 년이에요. 오 년."

하기야 봄이 부장의 솜씨는 매일 가게에 상주하고 있는 것만 보아도 하루이틀 솜씨가 아니긴 하다. 근데 그게 뭐 어쩌라는 거지?

"그게 뭐?"

"사장님 이제 돈 없잖아요."

….

역시 밤에 일하는 족속들은 하나같이 똑같다.

'뒤에서 다른 생각을 하는구나.'

"그건 아닌데…. 아무튼 알겠어. 얼른 언니 넣어 줘."

"알겠습니다."

봄이 부장은 빠르게 말을 마치고 뒤돌아 나갔다.

난 나가는 그녀를 보며 생각했다.

'얘도 나중에 한번 골탕 먹여야겠다.'

차오르는 화를 삭이며 기다리자, 웨이터가 술 한 병을 가져와 테이블에 놓아주고 나갔다.

또다시 정적이 흘렀다.

….

얼마나 지났을까.

휴대폰을 꺼내 시간을 보니 이 가게에 들어온 지 무려 한 시간이 지났다.

무려 한 시간 동안 웨이터가 술을 갖다 준 이후 내 방에는 그 누구도 들어오지 않았다.

'이게 지금 뭐 하자는 거지?'

난 즉시 봄이 부장에게 전화했다.

"장난해?"

"네? 무슨 일이세요?"

"아니, 언니 언제 넣어줘?"

"아…. 사장님이 술을 한 병만 시키셔서 다들 안 들어가려고 해요."

"응? 그게 무슨 상관이야?"

"룸살롱이라는 곳이 아시다시피 진상 손님이 많아서요. 보통 술 한 병 시키시는 분들이 진상이 많아요."

"아…. 근데?"

"그래서 언니들이 들어가기 싫어해요."

"그럼 한 병 더 시킬 테니 언니 좀 넣어 주면 안 돼?"

"그냥 혼자 드시고 가세요."

"뚝-."

봄이 부장이 말을 마치고 전화를 끊어 버렸다.

….

'지금 내가 돈 얼마 안 쓴다고 무시하는 건가? 내가 해 준 게 얼마인데….'

하기야 세상은 원래 돈만 보고 움직인다.

스트레스가 치밀어 올랐다.

마치 머리 위로 어둠의 구름이 몰려드는 듯했다.

'하….'

남은 술을 그냥 둔 채 룸에서 나오자 봄이 부장이 다가와 말했다.

"가시려고요?"

"응."

난 그녀를 보지도 않은 채 대답했다.

"네. 술값 이십만 원, 룸 대여비 십만 원 총 삼십만 원입니다."

"…?"

어이가 없었다.

룸살롱이란 본디 접대를 받으러 오는 곳인데, 접대도 안 해주고 돈을 달라니…?

"언니도 안 넣어 줬는데 내가 왜 돈을 내야 해?"

"하…. 네. 그럼 내지 말고 가세요."

"응."

"다신 오지 마세요. 범죄자 주제에 돈도 없고 뭐야."
말을 마치고 봄이 부장은 뒤돌았다.

화가 치밀어올라 그녀를 다시 불렀다.
"야."
"네?"
"너 말 그 따위로 하지 마라."
"네. 조심히 들어가세요."
"두고 봐."
난 마음을 진정시키며 밖으로 나왔다.

'하아…'
바깥은 여전히 어둡고 가을바람이 솔솔 불어왔다.

'항상 느끼지만 혼자 룸살롱에서 놀고 나오면 적적하군.'

"잠깐. 오늘 얼마를 번 거지?"
문득 내가 지금 뭘 하는 건지 의문이 들었다.
계산해 보니 오늘은 언니 145호인 지민이를 낚시해 번 천오백만 원이
전부였다.

'이제 어쩌지?'

앞으로 룸살롱을 안 가게 되면 난 그저 사냥터 잃은 호랑이에 불과했다.

'일단 오늘은 좀 쉴까.'

난 택시를 잡아 하연이 집으로 갔다.
하연이는 여전히 아무것도 모른 채 날 반겨 주고 재워 주었다.
하지만 하연이는 눈에 들어오지 않았다.
난 하연이에게 로봇처럼 영혼 없이 대답하고 피곤하다고 말한 뒤 침대
에 누워 앞으로 돈 벌 수단을 고민하다가 잠을 청했다.

* * *

"좋은 아침!"
단잠을 자는데 하연이가 날 깨웠다.
"음…."
"얼른 일어나요."
"졸린데…."
"벌써 오후 세 시예요."
"그래도 졸린데…."
"일어나요!"
"왜?"
"심심해요."
"아…."
하연이에게 짜증이 몰려왔다.
아무 도움도 안 되는 주제에 자기 심심하다는 이유로 잠을 깨우다
니….

"아니, 나 졸리다고!"
하연이에게 버럭 화를 냈다.

"죄송해요. 더 주무세요."
하연이는 찡그린 미소를 지으며 말했다.

"아. 됐어."
난 죽은 듯이 피곤했던 몸을 일으켜 하연이와 아침 식사를 했다.

하연이가 정말이지 꼴도 보기 싫었다.
"오늘 바빠서 일을 좀 보러 가야 할 것 같아."
"네…."
하연이는 입이 삐죽 튀어나와 대답했다.
원래라면 이럴 때 예쁜 말을 해 주어야 하는데, 하연이에게 전혀 미안하지도, 불쌍하지도 않았다.

난 짐을 챙겨 밖으로 나와 주변 카페로 향했다.
'음…. 앞으로 어쩌지?'

돈이 시급했다.
내 가방에 든 돈 약 육천만 원으로는 절대 도망자의 삶을 유지할 수 없었다.

휴대폰을 꺼내 들어 지금까지 연락처를 교환한 모든 매춘부들 약 백여

명에게 연락을 돌렸다.

"돈 쉽게 벌 방법이 있는데 해 볼 생각 있어?"

잠시 기다리자 답변은 이러하였다.

"네!"
"관심 없어요."
"어떻게요?"
"어려워요?"
"진짜예요?"

다들 얼굴도, 이름도 기억이 안 나는 매춘부들이었다.
난 긍정적인 답변을 한 매춘부들에게만 답변을 했다.

"사실 내가 대출 상담사인데, 너가 받을 수 있는 최대한의 대출을 받아 오면 너의 대출 기록을 지워 줄 수 있어. 대신 대출받은 금액의 절반을 내게 줘야 해."

'왜 이 생각을 못 했지? 휴대폰 연락으로만 낚시를 한다면 굳이 만날 필요도 없고 시간 낭비를 할 일도 없을 텐데….'
아무리 생각해도 난 천재였다.

그렇게 난 약 한 달 간 하연이 집에서 지내며 내 낚시에서 긍정적인 답변을 한 매춘부 약 서른 명에게 매일같이 카페에 나와 전화와 메시지, 즉 휴대폰으로만 낚시를 했고, 받아 온 대출의 절반을 전부 하연이의 통장으로 받았다.

합산해 보니 약 오억 원의 돈이었다.

난 하연이에게 낚시에 성공한, 통장에 있는 모든 돈을 은행에서 현금으로 인출해, 카페로 가져와 달라는 전화를 한 뒤 기분 좋은 오후를 만끽했다.

콧노래를 부르며 커피를 마시는데, 하연이가 큰 가방을 들고 카페에 들어왔다.
"어. 왔어?"
"네! 이게 무슨 돈이에요?"
"아. 내가 일한 돈이지."
"와…. 엄청 많네요. 같이 저녁 먹어요."
"응. 그러자. 가져다줘서 고마워."
길게 묻지도 않고 날 전적으로 믿어 주는 하연이가 진심으로 고마웠다.

하연이가 들고 온 가방을 열어 보니 오만 원 지폐가 다발로 수도 없이 있었다.

하연이의 눈망울과 행동을 보아하니 전혀 돈을 몰래 챙겼을 것 같지는 않았다.

하연이를 향한 사랑이 다시 샘솟았다.

'남자에게 '여자'라는 생물은 역시 이용 가치인 걸까?'
어제만 해도 꼴도 보기 싫던 하연이가 더욱 아름다워 보였다.

'아무튼 이 돈이면 됐어.'
난 터져 나오는 흐뭇함을 애써 숨기며 하연이와 저녁을 먹으러 '셰르놀리아'에 방문해 정신없이 식사를 만끽했다.

'오늘따라 밥이 더 맛있군.'

아무래도 속담은 잘못된 듯하다.
시장이 반찬인가?
아니다. 경제적 여유와 행복함이 반찬이다.
이전까지는 아무리 배가 고파도 입맛이 없었으니 말이다.

난 하연이와 행복하고 완벽한 저녁 식사를 마치고 계산을 하고 밖으로 나왔다.

"난 일이 있어서 먼저 가 볼게."
"알겠어요."

난 하연이를 보내고 휴대폰을 꺼내 들어 봄이 부장에게 전화를 걸었다.
"놀까 하는데."

"얼마 주실 건데요?"

"…."

봄의 부장의 변화된 태도가 적응이 안 됐다.

한숨을 들이키고 말했다.

"오백만 원 줄게."

"네?"

"오백만 원 챙겨 준다고."

"얼른 오세요. 최고로 대접해 드리겠습니다."

봄이 부장과의 전화를 끊고 난 룸살롱으로 출발했다.

"어서 오세요~."

가게 입구에서 봄이 부장이 기다리고 있었다.

마중을 나온 모양이다.

"응. 들어가자."

난 봄이 부장의 뒤를 따라가 VIP방으로 향했다.

자리에 앉자 봄이 부장이 입을 열었다.

"저기…. 돈은?"

"하…. 줄게."

난 가방을 열어 오만 원 지폐 스무 장을 꺼내어 백만 원을 건네주었다.

"오백만 원 주신다고 하시지 않았나요?"

봄이 부장이 영문을 모르겠다는 표정으로 물었다.

"다 놀고 줄게."

"휴. 알겠습니다. 아가씨 필요하시죠?"

"당연하지."

"네. 바로 데려오겠습니다."

"응."

"아 참."

봄이 부장이 나가려다 뒤돌며 말했다.

"왜?"

"최근에 경찰 왔어요."

"뭐?"

'경찰…?'

영문 모를 공포감이 몰려왔다.

경찰이라는 말만 들어도 벌벌 떨린다.

아무리 많은 돈을 쥐고 사람들을 쥐락펴락해도 경찰 앞에서 난 그저 한낮 보잘것없는 '범죄자'이기 때문이다.

"그런데?"

난 마음을 추스르고 대답했다.

"사진을 들고 머리 긴 남자가 왔었냐고 물었어요."

"아…. 누군데?"

"아무리 봐도 오빠였어요."

"그래서 뭐라고 했어?"
"손님이 너무 많아서 모르겠다고 했어요."
"아…. 고마워."

'봄이 부장이 의리는 지켜 주는구나.'
봄이 부장이 다시 보였다.

"다음에 와서 CCTV를 보겠다고 하더군요."
"음…."
봄이 부장은 내 표정을 훑어보더니 말했다.

"일단 아가씨 데려올게요."
"아니, 잠깐만."

지금 아가씨와 노는 것이 문제가 아니었다.
직감적으로 이곳은 이제 위험하다고 느꼈다.

한참을 고민하다 말했다.
"혹시…. 강남 말고 다른 지역으로 갈 수 있어?"
"네. 선릉이라고 여기서 이십 분 정도 가야 해요."
"같이 넘어가자."
"아…. 여기 다른 손님들 있는데…."
봄이 부장은 입꼬리를 내리며 대답했다.
난처한 모양이었다.

난 가방에서 오만 원 지폐를 한 움큼 꺼내 봄이 부장에게 건네주었다.
봄이 부장은 고개를 떨구며 넙죽 받더니 대답했다.

"모시겠습니다."

난 봄이 부장과 함께 나와 택시를 타고 '선릉역' 부근에 위치한 룸살롱으로 향했다.

고층 빌딩이 많은 것을 보아하니 '선릉'이라는 지역은 잘나가는 회사가 많은 모양이다.

"도착했어요."
봄이 부장이 말했다.
"응."

택시에서 내리니 지하로 내려가는 룸살롱 간판에 '베스트 플레이스'라 적혀 있었다.
"여긴 장르가 어떤 곳이야?"
"여기는 회원제예요. 아무나 못 옵니다."
"그런 것도 있어?"
"네. 사장님처럼 부유한 상위 1프로만 방문할 수 있는 룸살롱입니다."
"그렇구나."
봄이 부장의 사탕 발린 말에 내심 기분이 좋았다.

난 흐뭇함을 숨기며 봄이 부장을 따라 '베스트 플레이스' 안으로 들어
갔다.

"와."
이곳의 호화로움에 감탄사가 절로 나왔다.

로비에는 크리스탈 샹들리에가 반짝이며 고급스러운 대리석으로 마
감되어 있었다.
주변은 금색으로 장식된 가구들과 화려한 조명이 물들였고, 로비를 감
싸는 선반에는 비싸 보이는 술병이 가득했다.

"시설 좋죠?"
봄이 부장이 날 보더니 흐뭇하게 웃으며 말했다.
"그러게. 좋긴 하다."
"들어가시죠."
"그래."

봄이 부장을 따라 룸으로 걸어가던 중, 누가 날 기분 나쁜 표정으로 한
참 쳐다봤다.
'뭐지?'
그는 다가오더니 씨익 웃으며 말했다.
"이게 누구야?"

낯이 익다.

'음…. 누구더라?'

'앗….'
과거에 내가 낚시한 하태훈의 지인이었다.

잊고 있었다.
내가 피해야 하는 사람은 경찰뿐만이 아니었다는 것을.
내게 원한이 있는 '먹잇감'이었던 사람들도 많다는 것을….

그는 화가 잔뜩 난 듯 내게 말했다.
"당장 내 돈 내놔."

'이 상황을 어찌 타파하지?'
난 마치 뇌의 회전 속도가 들릴 정도로 필사적으로 생각했다.

하지만 난 어차피 갈 때까지 간 놈이라 내게 크게 두려운 것은 없다.

난 한숨을 크게 들이마시고 두 눈을 부릅뜨고 그를 바라보며 냉정하게
말했다.

"어차피 돈도 없고 내 돈을 가져가려 하면 가만 안 둘 거야."
"하…. 됐다. 됐어."
겁먹었는지 그는 그냥 뒤돌아갔다.

"괜찮으세요?"

난처한 표정을 짓던 봄이 부장이 말했다.

"응. 들어가자."

"네."

난 봄이 부장을 다시 따라가 안내해 주는 방으로 들어갔다.

방은 기존에 다니던 룸살롱과 동일한 구조였다.

중앙에 큰 테이블, 그리고 테이블을 둘러싼 소파 세 개.

"술은 어떤 걸로 드세요?"

"아무거나."

"네! 한 병에 팔십만 원입니다."

"그래. 가져와."

대화를 마치고 정적이 흘렀다.

봄이 부장은 술을 주문하는 듯 휴대폰을 꺼내 열심히 자판기를 두드렸다.

'그나저나 하태훈의 지인은 내게 십억이라는 큰 돈을 사기를 당하고도 아직도 이런 비싼 곳에서 노는구나. 진짜 부자이긴 한가 보네.'

내심 그는 얼마나 돈이 많을지 상상이 가지 않았다.

한참을 생각하는데 웨이터가 들어와 술과 잔들을 테이블에 놓고 나갔다.

"오랜만에 놀아 볼까?"
휴대폰으로 열심히 일만 한 지난 한 달 간의 나에게 보상이 필요했다.

"얼른 여자 불러 줘."
봄이 부장에게 말했다.
"네!"

봄이 부장은 휴대폰을 만지작거리더니 잠시 후 노크음이 울렸다.

"똑똑."

문이 열리더니 아리따운 여성 네 명이 한 줄로 나란히 서 내게 인사했다.

"안녕하세요~."

난 놀라움에 경악을 금치 못했다.
이제껏 룸살롱은 아주 많이 다녀 봤지만, 이 정도로 아리따운 매춘부
는 본 적이 손에 꼽았다.
마치 세상에 존재하는 모든 여성의 아름다움이 지금 룸살롱 내 방에
다 모인 것 같았다.

"애들 괜찮죠? 네 명 중에 고르시면 되세요!"
봄이 부장이 말했다.
"음…."

다들 눈부시게 아름다웠지만, 두 번째로 서 있는 금발을 한 아가씨가
유독 눈에 띄었다.

고민하다 말했다.
"2번."
내가 외치자 금발 머리 여성을 제외한 매춘부들은 아무 말도 없이 나
가며, 금발 머리 여성은 술잔을 챙겨 들며 내 옆에 앉아 말했다.

"반갑습니다."
"응. 반가워."

'이런 감정이 몇 년 만인가.'
내게 순정이 남아 있는 건지 그녀가 너무 아름다워 차마 얼굴을 보고
있기 어렵고 부끄러웠다.

"언제 오셨어요?"
그녀가 물었다.
"응. 방금."
"아~ 네. 재밌게 놀아 봐요!"
그녀는 방긋 웃으며 말했다.
"그러자!"

그녀의 고급진 아름다움과 마치 햇살이 내리쬐는 듯한 환한 미소는 내
마음을 사로잡기에 충분했다.

들자 하니 그녀는 룸살롱에서 일한 지 약 이 년이 되었고, 이름은 '하늘'이었다.

봄이 부장은 건너편에 앉아 우리를 신경 쓰지 않은 채 휴대폰만 만지작거렸다.

'이게 사랑일까?'

시간 가는 줄 모르고 하늘이와 술을 마시며 서로를 공감하고 있는데, 봄이 부장이 입을 열었다.

"연장하시겠어요?"

"응? 뭐가?"

"그러니까 하늘이랑 더 노실 거죠?"

봄이 부장이 답답하다는 듯 의미심장한 미소를 지으며 물었다.

"응."

"알겠습니다."

난 다시 하늘이와 한참을 이야기했다.

분명 시시콜콜한 대화였지만, 이유는 모르겠으나 너무 행복하고 재미있었다.

"오빠. 사토시라고 기억하세요?"

휴대폰을 만지던 봄이 부장이 물었다.

'사토시?'

저번에 룸살롱에서 같이 놀았던 개인 경호원을 두 명씩 데리고 다니던 그 남자인 모양이다.

"응. 알지."

"여기 계시다고 같이 놀자고 하시는데 어떠세요?"

"오오. 좋지."

난 일말의 고민도 없이 승낙했다.

그때 사토시가 룸살롱에서 진행한 술 게임들은 정말이지 재밌었고 완벽했기 때문이다.

"그럼 이 방으로 부르겠습니다."

봄이 부장이 방긋 미소를 띠며 말했다.

"응."

"오빠 친구 와요?"

옆에 앉은 하늘이가 물었다.

"응. 재밌는 친구야."

"그래요?"

"응."

"전 그래도 오빠밖에 없어요."

"하하."

하늘이의 달콤한 멘트가 거짓이란 걸 알면서도 내심 기분이 좋았다.

하늘이의 시선과 몸의 방향은 항상 내 쪽으로 기울어 고정되어 있었으며, 나를 대하는 미소와 표정들은 날 녹아내리게 하기 충분했다.

정말이지 하늘이를 싫어할 남자는 존재하지 않을 것만 같았다.

"똑똑-."

노크음과 함께 문이 열리고 사토시가 검은 정장을 입은 경호원의 안내를 받으며 들어왔다.

"안녕하세요!"

사토시가 반갑게 인사했다.

"오랜만이네요. 잘 지내셨어요?"

나도 그를 반갑게 맞이해 주었다.

"네! 오늘 재밌게 놀아 봐요."

"그래요."

그는 나와 인사한 후 건너편 자리에 앉아 봄이 부장에게 입을 열었다.

"얼른 아가씨 좀 빨리 보여 줘."

"네."

사토시가 봄이 부장에게 카리스마 있게 말했다.

확실히 사토시는 사람을 다룰 줄 아는 사람 같았다.

잠시 기다리자 매춘부들이 들어와 사토시 옆에 앉아 다 같이 건배하고 놀기 시작했다.

사토시는 재미가 없는 듯 노는 와중에도 휴대폰을 만지작거렸다.

"아, 저랑 친한 친구를 불러도 될까요?"
휴대폰을 만지던 사토시가 내게 물었다.
"응. 편하게 불러."
"네."

"똑똑."
잠시 후 노크음과 함께 룸의 문이 열리자 빨간색으로 머리를 물들인 한 여성이 웨이터와 함께 들어왔다.

'음?'

그녀는 자유분방해 보이는 가디건과 츄리닝 바지 차림으로 들어오자마자 소란을 피우며 높은 목소리로 소리쳤다.

"와, 여기 진짜 죽이네!"

모두가 놀란 표정으로 그녀를 쳐다보았다.
웨이터는 당황스러움을 감추며 다가와 말했다.
"여기는 좀 특별하고 조용하게 분위기를 즐기는 곳이에요. 다들 즐기고 계시니 조금만 조용히 해 주시겠어요?"

그녀는 무시하듯이 웨이터에게 등을 돌리고 사토시에게 다가가 말했다.

"재밌겠다. 술 먹자!"

사토시는 그녀를 달래며 말했다.

"그래도 여긴 좀 다른 분위기야. 조금 조용히 해야 돼."

그녀는 사토시의 말에도 무시하듯이 높은 목소리로 떠들며 술을 혼자 따라 마셨다.

그녀의 이상한 행동과 목소리는 우리 모두의 시선을 집중받고, 혼란스럽게 만들기에 충분했다.

물론 나도 포함해서 말이다.

'저런 사람이 정말 있구나.'

그래도 사토시의 친구면 그저 그런 바보는 아닐 거라 생각해, 혼란스러움을 애써 숨기며 말을 걸었다.

"반가워요. 이름이 어떻게 되세요?"

"네? 네. 저 모찌리요."

"네? 모지리요?"

"아뇨. 모-찌-리."

"아. 네. 잘 부탁해요. 모-찌-리 씨."

"네. 크흐흐."

그녀는 뭐가 웃긴지 혼자 웃으며 대답했다.

방의 분위기는 의외로 모두가 '모찌리'의 이상한 행동에 넋이 나갔는지 모두가 이전보다 큰 소리로 이야기하고 놀며 밝아지기 시작했다.

이 분위기에 더해 사토시가 테이블에 오만 원 지폐를 가득 놓고 술 게임을 진행했다.

그녀는 노는 내내 마치 사탕을 빨아 먹듯 혀를 낼름낼름거리는 특유의 습관을 자주 보였다.
따라서 한참을 놀고 난 그녀와 연락처를 교환해 기록했다.

"메롱녀"

한참을 게임하며 놀다가 다들 지쳤는지 정적이 흘렀다.
사토시가 힘없이 말했다.
"슬슬 갈까요?"
"그러시죠."
나도 점점 피곤함과 숙취가 몰려와 나갈 준비를 했다.

"응! 가자!"
메롱녀가 우렁차게 대답했다.
그녀는 여전히 힘이 넘치는 모양이었다.

난 피식 웃으며 짐을 챙겨 밖으로 나와 택시를 타 하연이 집으로 향했다.
오늘은 뭔가 오래 놀지도 않았는데 기가 빨린 듯한 느낌이었다.

'그나저나 경찰이 요즘 날 쫓는다니….'
요즘 낚시를 너무 많이 해, 나를 신고한 사람이 많아진 모양이다.

택시 안에서 바깥을 바라보니 미용실 간판이 보였다.
"여기 세워 주세요."
난 미용실 앞에 택시를 세워 내렸다.
아무래도 더 이상 장발로 살면 안 될 것 같았다.

미용실 문을 열고 들어가자 미용사가 맞이해 주었다.
"커트하시나요?"
"네."

자리에 앉아 미용사가 내 머리카락을 만지며 분석했다.
"음…. 어떻게 잘라 드릴까요?"
아무래도 현재의 내 장발 머리가 곤란한 모양이었다.

'음. 어떻게 자르지?'
딱히 무슨 머리를 할지 미리 생각을 하고 들어온 건 아니었다.

한참을 고민하다 대답했다.
"그냥 다 밀어 주세요."
"아, 네."
미용사는 대답을 한 후 곧장 일어나 가장 짧은 이발기를 가져와 내 머
리를 밀어 주었다.

작은 미용실 안에서는 정적이 흘렀다.

미용사는 내게 마치 위로의 손길을 전해 주듯 머리를 천천히 밀어내었다.

머리카락이 바닥에 떨어질 때마다, 내 마음은 더 깊은 울림과 고요함으로 가득 찼다.

"다 되셨습니다."

미용사가 말했다.

다 밀린 머리로 지친 표정을 한 내 모습이 정면에 위치한 거울에 비쳤다.

'휴….'

'내 인생이 어쩌다 이렇게 되었을까.'

난 한숨을 푹 쉬고 자리에서 일어나 계산을 하고 밖으로 나와 다시 택시를 타고 하연이 집으로 가 잠을 청했다.

"따르릉-따르릉-."

단잠을 자고 있는데 휴대전화가 울렸다.

난 손으로 휴대폰을 집어 들며 전화를 받았다.

"여보세요."

휴대폰 속에선 친근한 목소리가 들려왔다.

"주무세요?"

난 전화기를 든 채 눈을 가늘게 감았다.

"누구지?"

"아. 저 사토시입니다. 식사나 할까 해서요."

난 허둥지둥 일어나 대답했다.

"아아. 네. 자고 있었네요. 식사요?"

"네. 지금 오세요~."

사토시도 언젠가 낚시할 것이라 다짐한데다가 마침 배도 고파 왔다.

"네. 어디로 갈까요?"

"네, 여기 미도리 스시라고 근본 있는 초밥집입니다. 여기로 오세요."

"네."

전화를 끊고 난 허겁지겁 준비했다.

금 목걸이와 금반지를 찬 후 모자를 푹 눌러쓰고 나와 택시를 타고 사토시가 말한 '미도리 스시'로 향했다.

문을 열고 들어가자 사토시는 혼자 식사를 즐기고 있었다.

식당은 현대적인 일본 레스토랑이었고, 주인장은 건너편에서 기모노를 입은 채 초밥을 만들고 있었다.

"오셨어요? 얼른 드세요."

사토시가 반갑게 인사했다.

사토시의 옆에 앉자 매번 새로운 재료와 조합으로 만들어지는 오마카세 코스가 펼쳐졌다.

"그나저나 무슨 일 하세요?"

내가 물었다.

"하하. 여러 가지 일 합니다."

사토시는 초밥을 입에 넣으며 대답했다.

"그러시군요."

….

정적이 흘렀다.

본래라면 이때에 상대방 직업도 묻는 것이 인지상정일 텐데, 사토시는 미끼를 물지 않았다.

사토시는 그저 눈을 감고 스시의 맛을 즐겼다.

나도 사토시를 따라 주인장이 주는 스시를 음미하며 먹었다.

분명 스시의 맛은 완벽한데 사토시의 말이 내 뜻대로 되지 않아 꺼림직했다.

"맛은 좀 어떠세요?"

사토시가 물었다.

"너무 맛있네요. 여기 좋네요."

"네. 여기 유명해요."

"하하. 감사합니다."

"그나저나 원래 룸살롱 자주 가세요?"

사토시가 깍지 끼며 물었다.

"아, 네. 자주는 아니고 주에 한 번 꼴입니다."

"저랑 같이 가요. 저도 자주 갑니다."

"워낙 비싸서 자주는 못 가요."

난 나의 직업을 물어보라고 계속해서 사토시의 귀를 간지럽혔다.

"하하. 그렇기는 합니다."

….

다시 한번 정적이 흘렀다.

'휴.'

사토시는 정말이지 머리에서 무슨 생각을 하는 사람인지 도무지 모르겠다.

"사토시 씨는 룸살롱 자주 가세요?"

내가 입을 열었다.

"네. 저는 거의 이틀에 한 번씩은 가는 것 같아요."
"아. 돈을 엄청 잘 버시나 봅니다."
"음. 적당히 법니다."
"네⋯."

사토시는 끝내 내 미끼를 물지 않은 채 대화를 마치고 또 눈을 감으며 초밥을 음미했다.

오마카세 코스가 끝나자 사토시가 입을 열었다.
"카페라도 가시죠."
"네."

사토시는 일어나 카드를 꺼내 계산을 했다.
"잘 먹었습니다."
"네~. 카페로 가요."

우린 밖으로 나와 바로 옆에 위치한 카페로 향했다.

자리를 잡자마자 사토시가 입을 열었다.

"그나저나 형은 직업이 뭐예요?"

'기회다.'

드디어 사토시가 미끼를 물었다.

터져 나오는 기쁨을 참으며 대답했다.

"저는 대출 상담사입니다."

"아, 그런 직업이 벌이가 되나요?"

사토시는 믿기지 않는듯한 눈초리로 물었다.

"아, 네. 제가 직급이 높아서 대출 기록을 맘대로 지우고 할 수도 있어요."

"아…. 근데 그건 범죄 아니에요?"

사토시가 의미심장한 표정으로 물었다.

사실이다.

설령 이게 가능하다고 해도, 범죄였다.

하지만 고작 이런 말에 엉거주춤할 내가 아니었다.

"그렇기는 한데, 안 걸려요."

"음…. 그럴 수가 있나. 어디 소속이신데요?"

"아 그건 비밀입니다."

"아, 네. 어차피 그것도 언젠간 발각될 텐데 범죄를 하실 거라면 제대로 하시는 게 낫지 않겠어요?"

이때 직감했다.
'사토시에게 낚시는 안 될 것이라는 것을.'

"아…. 그런가요. 하하."

사토시는 날 한 번 훑어보더니 물었다.
"솔직히 그거 안 되잖아요? 가능할 리가 없어요. 대통령도 못 합니다."
사토시는 계속해서 대답하기 곤란한 날카로운 질문들을 던졌다.

"네, 뭐. 믿지 않으셔도 됩니다."
"음…. 네."

나와 사토시는 카페에서 시시콜콜한 이야기를 이어 갔다.
그는 내내 휴대폰을 만지작대고 나가서 전화를 받고 오는 등 바쁜 모양이었다.
커피를 다 마시자 그가 입을 열었다.
"이제 가시죠?"
"네? 어디를 가요?"
"네? 룸살롱 가야죠."
"아?"

난 그렇게 혼이 나간 채 그와 함께 밖으로 나와 그가 가져온 고급 스포

츠카를 타고 어제 갔던 '베스트 플레이스'로 향했다.

　　도착하자 봄이 부장이 웃는 얼굴로 나와 우리를 반겼다.
"오셨어요?"

'휴…. 피곤하군.'
　난 그렇게 그와 하루 만에 다시 룸살롱에서 매춘부를 옆에 앉히고 또 술 게임을 하며 놀았다.
　그리고 어쩌다 보니 사토시와 형동생을 하게 되었다.

　얼마나 놀았을까….
　사토시가 진지한 이야기를 하려는 듯 매춘부들을 잠시 나가 있으라고 한 뒤 방에 둘만 남기고는 무게를 잡고 입을 열었다.

　"형 혹시…. 범죄자세요?"
　"응? 아니야."
　놀라움을 내색하지 않으며 대답했다.
　"아까 하셨던 말도 말이 안 되고, 일반 대출 상담사의 수입으로는 이런 룸살롱에서 놀 수 없어요."

　너무도 정확해, 할 수 있는 말이 없었다.

　"그리고 무엇보다 형은 그렇게 똑똑해 보이지 않으세요."
　"…?"

"넌 말을 가려서 하는 법이 없네."
"아. 죄송합니다.
사토시는 미안한지 두 손을 모아 고개를 숙이며 사과했다.

"근데 그건 왜 물어봐?"
"아, 그냥 궁금해서요. 뭘 하려는 건 아니에요."
그는 안심시키려는 듯 말했다.

한참을 고민하다 대답했다.
"응. 사실 나 범죄자 맞아."

나도 속마음을 털 수 있는 존재가 필요했던 걸까.
뭔가 그는 내게 피해를 줄 것 같지는 않았다.
아니 애초에 굳이 크게 신경을 쓰지 않을 것 같았다.

"아. 네. 그럴 것 같았어요. 근데 어떻게 범죄를 하시는 거예요?"
"음. 주로 대출 기록을 지워 준다고 하고 절반을 달라고 해."
"특이하네요. 그런 말에 속는 바보들도 있긴 하나…?"
"응. 은근히 많아."
"그럼 연락 오거나 찾아오려 하면 어떻게 해요?"
그는 궁금하게 많은 듯 질문을 쇄도했다.

"아. 그냥 휴대폰 번호를 바꾸거나 차단하는 식이야."
"그럼 지금 경찰에서 형을 찾고 있겠네요?"

"응."

"아…. 대단하십니다. 저라면 범죄를 그렇게 안 할 것 같기는 한데, 상당히 담대하시네요."

"응."

"저한테는 숨기지 않으셔도 돼요. 전 그냥 호기심이 많아서 그래요. 신고하거나 그러지는 않습니다."

"그래."

"그나저나 너는 진짜 무슨 일 해? 솔직히 말해 봐."

내가 물었다.

"아. 저는 회사 여러 개 운영합니다. 범죄는 하지 않아요."

"그렇구나."

속마음을 털 친구가 생긴 것 같아 내심 기뻤다.

"그나저나 형 이름은 뭐에요?"

"내 이름은 이진영이야."

"어. 그 뉴스에서 봤어요."

"응. 그게 나야."

"와…. 인생 정말 재밌게 사시네요."

"아무튼 나중에 얘기할까?"

"네."

사토시는 대답을 하고 자리에서 일어나 문을 열고 매춘부들을 다시 들어오라고 손짓했다.

우리는 그렇게 더 가까워진 사이로 편하게 술을 마시며 게임도 하고 이야기도 하고 룸살롱에서의 뜨거운 밤을 보냈다.

"오빠."

꿀 같은 단잠을 깨우는 목소리가 들려왔다.

"으으음…."

"오빠! 일어나 봐!"

"응?"

하연이가 다급하게 깨웠다.

"무슨 일이야?"

정신이 확 들었다.

사실 평소에는 언제 적이 나타날지 모르는 야생의 맹수처럼 곱게 발을 뻗고 자지는 않지만, 술을 마시고 잠에 들면 뇌를 속여 내가 쫓기는 신세라는 사실을 잊게 만들어 그나마 편하게 잘 수 있었다.

"무슨 일인데?"

"아니…, 지금 전화가 왔는데…."

하연이는 너무 놀란 듯 혀가 꼬인 채로 다급하게 말했다.

"진정하고 천천히 말해 봐."

"아니…. 경찰한테 전화가 왔는데, 내 통장으로 신고가 들어왔다고 해서…."

"응?"

"내 통장 오빠가 쓰는데…. 혹시 오빠가 뭐 했어?"

알고는 있었지만 올 것이 왔다.

하연이의 통장과 휴대폰을 낚시로 사용한 시점에서 하연이와 인연을 끝냈어야 했다.

그래도 쌓아 온 정이 많은지라 함께 지내 왔지만, 이제 정말 끝이구나.

하연이를 더 이상 볼 수 없다는 사실에 마음이 짠해 왔다.

"아니야. 아무것도 하지 않았어. 걱정하지 마."

"알겠어요."

하연이는 안도의 한숨을 쉬고 주방으로 갔다.

"나는 일이 있어서 먼저 갈게."

난 혼자 하연이와의 이별을 결심하고 모든 짐을 주섬주섬 챙겼다.

돈가방부터 자잘한 옷, 액세서리 등등….

짐을 챙기는 내내 터져 나오는 눈물을 참기가 힘들었다.

하연이는 아무것도 모른 채 설거지를 하고 있었다.

짐을 다 챙기고 현관문 앞에서 하연이를 불렀다.
"하연아. 잠깐 와 봐."

난 그녀를 와락 안아 주며 머리칼을 쓸어 주었다.
"무슨 일 있어요?"
그녀가 차분하게 물었다.
"아니야. 그냥 한 번 안고 싶어서."
"네…."

난 그녀를 놓아주고 짐을 들어 문 밖으로 나가며 마음에 소리쳤다.

'하연아 잘 지내.'

한때 너무도 사랑했던 하연이지만, 이제 그녀는 다시 볼 수 없었다.
아니, 볼 자격이 없는 걸까.

"휴⋯."
막상 하연이 집에서 나오니 이제 갈 곳이 없었다.

원래 쫓기는 도망자 신세에 가장 중요한 것은 두 가지.
머무를 수 있는 안식처와 돈이다.
돈은 지금 약 오억 이상 있으니 괜찮고, 머무를 곳.
즉 잠을 잘 곳이 없었다.

'지난번에 지내던 위너모텔⋯? 아니면 새로운 곳⋯?'
어디에서 지내야 안전할지 도무지 감이 잡히지 않았다.

주변에 보이는 카페로 들어가 한참을 고민하여 비로소 결론을 도출했다.

'유동 인구가 많은 동네에서 지낼 곳을 매일 바꾸는 방법이 가장 낫겠군.'

"지키는 사람 열이 도둑 하나를 못 당한다."라는 속담이 있다.
이 말인즉슨 경찰 열이 범죄자 하나를 못 잡는다는 말이다.

범죄자는 수년 동안이나 밤낮없이 도망갈 구멍과 범죄를 할 궁리만을 하는데, 그걸 당해 낼 수 있을 리가 없다.

애초에 내가 지금 범죄자 신세인 이유는, 일반인들보다 우월하고 비상한 머리를 잘못 사용했기 때문이라고 생각한다.

난 휴대폰을 꺼내 주변에 유동 인구가 많은 지역을 검색해 찾아내었다.

"도봉구"

학생도 많고 노숙자도 많기로 유명한, 한 번쯤 들어봤던 그런 지역이었다.

난 즉시 밖으로 나와 택시를 타고 도봉구로 향해 아무 모텔에 들어갔다.
"방 있나요?"
"네."
"네. 주세요."
"오만 원입니다.

가방에서 오만 원 지폐 한 장을 꺼내 점원에게 건네주고 방 열쇠를 받아 올라갔다.
방문을 열자 내가 배정받은 방은 쾌쾌한 냄새로 가득했다.

'으. 방에서 무슨 짓을 한 거야.'

"따르릉-."

짐을 내려놓고 침대에 몸을 던져 누웠는데 휴대폰에서 전화가 울렸다.

사토시였다.

"응. 왜?"

"뭐 하세요?"

"응? 잠깐 쉬려고."

"오늘 노시죠?"

….

사토시는 정말이지 매일같이 노는 모양이다.

"음…. 모르겠는데."

"가시죠. 오늘 신나는데."

"음…."

"얼른 오세요. 기다릴게요."

"하…. 알겠어."

그렇게 난 매일같이 사토시와 룸살롱을 다니고 놀며 지냈다.

그는 내게 항상 의문문으로 질문을 하는 것을 보아하니 나에 대해 호기심이 드는 모양이었다.

나도 그가 다소 궁금하긴 했으나, 필요성을 느끼지 못해 분석을 해 본 적은 없다.

확실한 건 그는 굉장히 똑똑하며, 잔재주가 좋았다.

난 셀 수 없이 닥치는 대로 많은 매춘부들에게 낚시를 했고, 지역도, 지낼 곳도 바꿔 살았다.

노는 것이 지겨워지고 인생이 무미건조해질 무렵, 올 것이 왔다.

"쿵쿵쿵-. 쿵쿵쿵-."
도봉구에 위치한 모텔에서 쉬고 있는데, 문을 두드리는 소리가 들렸다.
문을 두드리는 리듬감을 보아하니, 나를 찾으려 눈에 불을 켠 사람인 모양이다.

"문 열어. 안 그러면 문 부순다."
문 바깥에서 외쳤다.

"휴."

난 여유롭게 현관으로 나가 문을 열었다.
문을 열자마자 경찰복을 입은 남성 다섯 명이 들이닥쳐 왔다.

"너가 이진영 맞지?"
난 눈을 희게 뜨고 고개를 끄덕였다.

"그냥 잠자코 따라와라."
난 빨갛게 물들은 눈으로 주변을 둘러본 후 경찰을 따라 문을 나섰다.

경찰을 따라 엘리베이터에서 내려가는데,

엘리베이터 정면에 자리한 거울에선 나도 모르게 미소를 띤 채 웃고 있는 '범죄자'의 모습이 보였다.

내 이름은 '사토시'.

그렇게, 파란만장한, 아니.
파란만장했던, 그의 '자유'는 막을 내렸다.

난 부모님이 일본과 한국의 피가 반반 섞인 혼혈인이다.
그래서인지 어려서부터 매우 특이했다.
그것도 많이.

예를 들면, 남들은 다 귤을 맛있다고 마치 가축처럼 무지성으로 까먹을 때, 나는 귤이 어떤 구조로 생기는지, 어떤 방식으로 섭취하는 것이 더욱 맛있는지, 더 나아가 성분은 어떤 것으로 이루어져 있으며 효능은 무엇인지 궁금했다.
그것도 초등학생 때 말이다.

난 그렇게 호기심이 많아 모든 것에 대한 분석과 관찰을 거듭하며 본의 아니게 마인드맵을 그리는 능력을 키웠다.

그리고 줄곧 혼자 생각에 잠기는 시간이 종종 있었다.

혼자 생각에 잠겨 있는 것이 나의 가장 큰 '취미'였으며, 가장 행복한 '시간'이었다.

이러한 분석 능력을 토대로 내 뇌는 남들보다 월등히 우월 해졌고, 건드는 일마다 잘되어 돈도 남들보다 많이 벌었다.

끝끝내 거의 모든 학문 분석에 통달한 나는, 세상 모든 것이 시시해졌다.

마치 내 손아귀 안에 세상이 들어 있는 듯했다.

그럴 무렵,

가뭄에 단비가 오듯 룸살롱에서 '그'를 만났다.

그의 말투와 행동, 마인드, 발상.

이제까지 잊고 있던 '호기심'이라는 녀석이 다시 찾아왔다.

마치 처음 보는 외계 생물 같았다.

난 그의 모든 것이 궁금해졌다.

그는 자신의 안전과 미래를 일체 생각하지 않았고, 공포를 즐길 줄 알았으며 말로 사람의 정신을 혼미하게 만들 줄 아는 사람이었다.

'이 사람은 도대체 어떤 삶을 살아왔을까?'

그가 여자였다면, 이 감정은 분명 사랑이었을 것이다.

그가 잡혔다는 소식을 듣고 그를 내가 옹호하거나 도와줄 순 없지만,

정말이지 이제 못 본다는 사실이 아쉬웠다.

　　내심 그가 잘 도망치기를 응원했을지도 모른다.

　　또한, 그가 만약 다시 나타나게 된다면 난 함박웃음으로 그를 반겨 줄 것이다.

　　아니, 그가 다시 나타나길 고대할 것이다.

　　"아아. 즐거웠다. 진영아."

어느덧 시든 꽃인 그를 잊고 산 지 어언 2년이 지났다.

난 여전히 뛰어난 두뇌로 많은 성과물을 내며 지내고 있었다.
미래를 그리고 싶은, 어여쁜 여자친구도 생겼다.
그렇게 부족함 없는 행복한 나날을 보냈다.

'단 한 가지 단점만 빼면.'

그가 잡힌 후로 난 호기심이라는 녀석을 잊고 살았다.
정확히 말하자면 호기심이 생길 일이 없었다.
모든 것이 지루했다.
아무리 갈구하며 찾아보아도 '그'만큼 내게 재미와 호기심을 유발시켜
줄 '존재'는 더 없었다.

"아아, 심심하다. 재밌는 거 없을까?"
난 지루하다는 듯 함께 카페에 앉아 있는 여자친구에게 말했다.
"오빠. 나랑 있는데 심심해?"

그녀는 서운한지 입술을 뾰로통 내밀고 물었다.

"그런 뜻 아니야."
"아 참. 내 친구가 이상한 사람을 소개받았다가 일억 원 사기를 당했다
하더라. 그거나 해결해 줘."
그녀가 말했다.

나는 법 관련해서도 수많은 학문을 읽었고 범죄자의 심리에 대해 많은
고민을 해 보았기에 법조인 수준으로 지식이 있다.
따라서 주변 지인들의 법 문제들을 여럿 해결해 준 바 있다.

'재미있겠군.'

"그래. 자세히 말해 봐."
"나랑 어렸을 적부터 쭉 친했던 친구야. 놀다가 어떤 사람을 소개받았
는데, 그 사람한테 사기를 당한 것 같더라."
내 여자친구는 얼굴을 찡그리며 설명했다.
"어떤 방식으로 당했는데?"
내가 물었다.
"대출을 받아 오면 그 기록을 없애 준다고 절반을 챙겨 달라고 했나
봐. 그래서 이억 원 대출받고 일억 원을 수수료로 줬대."
"…? 응?"
"이해 못 했어? 대출을 받아 오면 기록을 없애…."
"아니, 그러니까 진짜로?"

난 그녀의 말을 끊으며 물었다.

"응. 근데 번호도 사라지고 대출 기록도 그대로 남아 있다더라."
"그 사람 이름이 뭐래?????"
"이영진이라고 했나?"

….

삶, 범죄자의.

ⓒ 김세진, 2024

초판 1쇄 발행 2024년 5월 24일
초판 2쇄 발행 2024년 7월 17일

지은이	김세진
펴낸이	이기봉
편집	좋은땅 편집팀
펴낸곳	도서출판 좋은땅
주소	서울특별시 마포구 양화로12길 26 지월드빌딩 (서교동 395-7)
전화	02)374-8616~7
팩스	02)374-8614
이메일	gworldbook@naver.com
홈페이지	www.g-world.co.kr

ISBN   979-11-388-3150-5 (03810)